D1140201

Bibliothèque
FPT

# Objectif Terre !

Collection dirigée par
Christian Poslaniec
et animée par Patricia Fourgeaud

Robert Boudet

# Objectif Terre !

Illustrations de
Jean Biret-Chaussat

Milan

Y a-t-il des extra-terrestres dans la banlieue parisienne où habite **Robert Boudet** ? Peut-être ! En tout cas, il a déjà rencontré des Klix, étonnés, naïfs, toujours prêts à se poser des questions sur nos manières de vivre, de penser, de se rendre heureux ou malheureux.

*Objectif Terre !* est le onzième livre pour enfants de Robert Boudet. Les deux derniers parus sont *La petite bête*, à l'École des Loisirs, et *Le voleur de soleil*, chez Belfond. Il a aussi beaucoup écrit pour le théâtre, entre autres des sketches pour la télé, une pièce pour la radio. Il aime Dame Poésie avec qui il a eu quelques enfants. Dans le collège où il enseigne, il monte des aventures théâtrales et poétiques avec des jeunes.

Aux éditions Milan, dans la même collection, il a publié *Du rififi dans les poireaux*, un polar écologique.

Jean **Biret-Chaussat** est né à Caudéran (Gironde), le dimanche 27 juin 1954, aux alentours de 12 heures 30. Le temps semblait fort long à sa maman, qui l'attendait depuis le vendredi, jour de son dernier vrai repas.

La chaleur rendait encore plus accablantes les heures passées à espérer sa venue au monde.

Pour qu'il apparaisse enfin, on usa d'un habile stratagème : on lui promit une boîte de crayons de couleurs, trois pinceaux et une gomme à encre.

Naïvement, il accepta de naître.

A peine était-il sorti qu'il fut saisi par les pieds, et dans cette inconfortable position, lui fut administrée sa toute première fessée. Il protesta vivement, pleura longtemps. Mais il ne reçut ni boîte de crayons de couleurs, ni pinceaux, ni gomme.

Depuis cette époque, c'est toujours avec plaisir qu'il dessine en noir et blanc.

# 1

*L'ENFANT DE BROX*

MESSAGE 001. KLIX À STATION D'ÉTUDES DE BROX

J'ai rencontré mon premier Terrien. Il est de taille moyenne. Il se déplace sur quatre pattes qui descendent jusqu'au sol. Lorsqu'il m'a vu, il a fait bouger une sorte de ficelle attachée sur sa partie arrière. Puis il s'est mis à crier très fort en ouvrant une grande bouche pleine de dents. J'ai pu constater que sa langue était très longue et qu'il bavait beaucoup. Il a voulu se jeter sur moi. J'ai dû le paralyser avec mon pisto-laser.

Fin de message.

Klix appuie sur une touche. L'écran s'éteint. Il s'étire longuement.

*C'est mal parti!* se dit-il. *Pourtant, j'avais bien choisi l'endroit de mon arrivée...*

Autour de lui, une forêt épaisse que caressent les rayons du soleil couchant. Un lieu idéal pour un atterrissage discret. *Mais il a fallu que je tombe sur ce machin baveux et braillard!*

La recommandation principale des Broxiens est claire : « OBSERVER SANS ÊTRE VU... Nous ne sommes ni des conquérants, ni des guerriers. Nous sommes des savants. Et que veulent les savants? SAVOIR! C'est tout! »

*Bon!* pense Klix en s'allongeant dans la coque douillette de son siège-masseur. *Inutile de s'énerver. Rien n'est perdu...*

Il se détend en revoyant son vieux pédaduc d'Espace Intratemporel lui répéter ces recommandations : « Tu es l'œil, mon enfant, mais l'ŒIL INVISIBLE! »

Dire qu'il y a à peine deux années-lumière qu'il a quitté sa planète! Il a l'impression que c'était tout juste ce matin.

Il s'endort, tendrement massé par les palpeurs tièdes du siège.

*
**

Klix est le plus jeune spationaute de la planète Brox. Cette planète est habitée par des savants, des voyageurs, des musiciens et des poètes. Klix veut être savant et voyageur mais il aimerait bien s'initier aussi à la poésie et à la musique.

Comme tous les enfants de Brox, il est assoiffé de connaissances. La curiosité est la première qualité qu'on développe sur cette planète, dès la naissance.

Il n'est pas rare, en effet, de voir des bébés broxiens démonter leur robot-nourrice, en renverser le contenu pour tenter d'analyser les composants de la nourriture qu'il contient. Certains même s'attaquent aux appareils ménagers et on doit les en éloigner pour éviter les accidents.

Klix ne s'est pas intéressé à son robot-nourrice, ni aux appareils ménagers. Ce qui le passionnait, avant tout, c'étaient les êtres vivants.

Dès l'âge de six mois, il a compris que ses doigts de pied n'étaient pas des boudins animés, indépendants de sa personne. Il faut dire que le fer rouge qu'il s'appliqua sur le gros orteil lui permit très vite de conclure que *ces* doigts de pied étaient bien *les siens*.

À deux ans, il constata qu'il ne savait pas voler, après s'être jeté dans le vide, du haut d'une falaise. Heureusement, un arbre ralentit sa chute et il se retrouva sur ses pieds, avec seulement quelques égratignures. C'est à la même époque qu'il se rendit compte qu'il ne savait pas nager non plus quand on eut retiré de ses poumons la douzaine de litres d'eau qu'il avait absorbés. Très logiquement, Klix observa qu'en plus, il n'était pas étanche.

Enfermé par ses pédaducs dans une pièce complètement hermétique, il piqua une grosse colère. Puisqu'on lui refusait de faire des expériences sur un être vivant, il les ferait sur les objets. Comme la pièce était vide, il s'attaqua aux murs. En quinze jours, trois heures et deux minutes, il avait percé un trou raisonnable dans le plastoc (un matériau plus dur que notre béton) à l'aide d'une épingle. Il put ainsi observer la salle voisine où se réunissaient les Broxiens et les Broxiennes pour comparer leurs différences. Son pédaduc le surprit. Klix devint tout rouge d'émotion et laissa échapper des fumées de la même couleur de ses oreilles et de ses narines.

On pensa alors qu'il était vraiment malade. On le fit examiner par un spécialiste du cerveau. Ce dernier, après avoir démonté la tête de l'enfant en trente-deux morceaux, exactement, conclut que Klix n'était pas malade mais précoce. Il fallait, d'urgence, accélérer son processus d'apprentissage car sa trop grande curiosité pouvait le conduire à commettre des erreurs irréparables. On remit donc en place les morceaux de sa tête et Klix passa ses examens plus tôt que ses camarades. Il avait seulement cent ans, ce qui est bien jeune sur une planète où on vit mille ans en moyenne.

Le seul problème, c'est que la croissance

physique d'un Broxien, et de Klix en particulier, n'est pas proportionnelle à son évolution mentale. Ce qui fait que, sur Terre, le petit Broxien Klix aurait l'air d'un bébé... de deux ans.

Pourtant, on l'expédia quand même sur notre planète, en espérant qu'il ne se ferait pas repérer, pour y subir l'épreuve d'EXPLORATEUR INTERGA-LACTIQUE qui consiste en l'OBSERVATION D'UN MILIEU HABITÉ.

Ce message à la station a beaucoup fait rire ses examinateurs. Mais personne ne doit dire à Klix qu'il se trompe. Il doit se débrouiller tout seul. *L'erreur est l'ombre de la vérité*, dit un proverbe broxien.

Une ombre hésitante se glisse dans la forêt.

C'est un chien. Il marche de travers comme s'il avait bu. Il tourne en rond, secoue la tête, éternue. Enfin, après un parcours très zigzagant, il débouche dans une clairière où se dresse une grande maison en bois, entourée d'un jardin et d'un verger. Le chien se jette sur la porte heureusement entrouverte et, emporté par son élan, s'affale sur le carrelage, les quatre pattes en éventail.

Un grand type, occupé à nettoyer un fusil, sursaute :

— Tiens ! Plume ?... Où étais-tu passé ? Encore à la maraude !

Il secoue son buisson de cheveux et farfouille dans la broussaille de sa barbe. Ses yeux verts et rieurs indiquent qu'il n'est pas vraiment en colère.

D'ailleurs, il ne veut plus se mettre en colère. Il s'appelle Sylva. Il a quitté la ville deux ans plus tôt parce qu'il piquait des colères terribles contre tout. Contre les autos, contre le métro, contre le boulot, contre les crottes de chien sur les trottoirs, contre les PV, contre la télé, contre la politique, contre ceux qui sont pour, contre ceux qui sont contre...

Depuis, Sylva ne se met plus jamais en colère. Oh ! une petite fois de temps à autre. Contre les renards qui bouffent ses poules, contre les lièvres qui déterrent ses carottes, contre les taupes qui bouleversent son jardin, contre la grêle qui hache ses arbres fruitiers, contre la pluie d'orage qui noie ses semis, contre le soleil qui racornit ses poireaux, bref contre les petits riens et les grands tout de la vie d'agriculteur-chasseur-forestier qu'il a choisie de vivre avec Plume, son chien.

Ledit Plume halète toujours, les yeux écarquillés comme des soucoupes.

À la longue, cette attitude intrigue le forestier. Il attrape le chien d'une main, l'allonge sur la

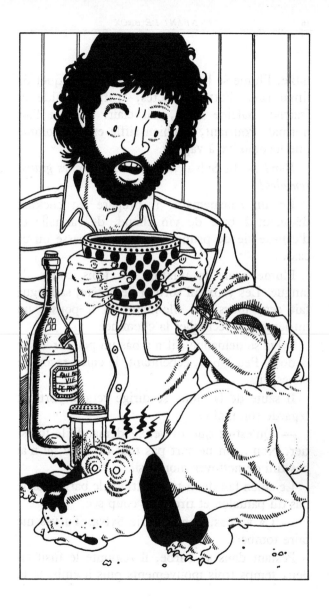

table. Plume se laisse faire comme un paquet de linge sale. Pattes intactes, truffe humide et fraîche, haleine tiède, œil clair. Tout a l'air normal. Pourtant, le chien siffle encore comme une locomotive à vapeur.

*Bon!* se dit Sylva, *aux grands maux les grands remèdes!*

En un tournemain, il prépare un cocktail détonant à base de vin chaud, de cannelle et d'eau-de-vie de prune. Avec ça, ça passe ou ça casse!

Plume avale la mixture en trois coups de langue. Les yeux lui sortent de la tête, sa langue fait sept tours sur elle-même et il pousse un hurlement à décrocher la cheminée.

Sylva se demande s'il n'a pas un peu forcé sur la dose. Peu à peu, cependant, le chien recouvre ses esprits.

Il saute de la table, se dirige vers la porte et regarde son maître.

— Qu'est-ce que tu veux? demande le forestier. Non... on ne sort pas tout de suite, je n'ai pas fini de nettoyer mon fusil.

Le chien fait demi-tour, attrape le barbu par le bas du pantalon et tire d'un coup sec.

— Ça va pas, non?... crie Sylva. Tu vas me faire tomber...

Pestant dans sa barbe, il remonte le fusil en deux temps trois mouvements puis il emboîte le pas à Plume qui, aboyant frénétiquement, l'entraîne dans la forêt.

*Qu'est-ce qu'il a donc vu ?* se dit Sylva, intrigué. *J'espère que c'est au moins un sanglier !*

# 2

*CARAMBOLAGES*

Plume et Sylva marchent depuis une demi-heure. Le barbu porte son fusil au bras, prêt à servir. La lumière rasante de la fin d'après-midi allonge les ombres. Le sous-bois est humide. Des odeurs de champignons flottent dans l'air, faisant palpiter les narines du forestier. *Ça sent le cèpe!* pense-t-il.

Le chien hume aussi. Mais ce ne sont pas les cèpes qui l'intéressent. Il est crotté des pattes à la truffe car il rampe sur la terre molle pour retrouver son chemin jusqu'à l'endroit fatidique où il a été transformé en statue, tout à l'heure. De temps à autre, il s'arrête. Il hésite. Il fait demi-tour.

Sylva semble perplexe.

— Voilà qu'il perd son odorat, maintenant ! Ça ne s'arrange pas !

Au bout d'un long moment d'une marche en ligne brisée, le forestier s'exclame :

— Plume, ça suffit ! On rentre à la maison ! Je ne sais pas ce que tu as vu mais si c'est un sanglier, il y a belle lurette qu'il a décampé. Et puis, ça fait trois fois qu'on passe devant ce chêne. Tu veux que je mette une pancarte pour la prochaine ?...

Le chien ne l'écoute pas. Il fonce droit devant lui, il s'enfonce dans un fourré et s'immobilise soudain. À TRAVERS LES BRANCHAGES, ELLE EST LÀ : LA SOUCOUPE !

Elle n'est pas plus grosse qu'une Fiat 500 et brille singulièrement sous la faible lueur du soir tombant.

Le forestier est tombé en arrêt, lui aussi, mais devant... une perdrix ! Son sang de chasseur ne fait qu'un tour. Il pointe son fusil, vise, appuie sur la détente.

C'est le moment que Plume, excédé, choisit pour lui sauter dans les jambes. Le coup part dans les arbres. En un dixième de seconde, les événements se précipitent comme dans un film en accéléré.

Plume se rue sur la soucoupe. Elle est ouverte et vide. Il se jette à l'intérieur en aboyant comme un forcené.

Les plombs projetés par le tir raté de Sylva déchirent la branche d'un arbre d'où tombe, en hurlant, un garçon roux, occupé à observer une nichée de chouettes.

La perdrix s'enfuit vers le ciel mais se fige en plein vol, touchée par le pisto-laser de Klix caché dans un fourré.

Plume appuie par hasard sur une touche. Aussitôt, la porte se referme, le siège se replie sur lui.

Sylva n'en revient pas. Il a soudain l'impression d'être tombé dans un asile de fous. Il n'a pas le temps de reprendre ses esprits que le garçon roux dont la chute a été amortie par un tas de feuilles se tient devant lui. Il est furieux. Il montre son pantalon. Devant, ça ressemble encore à un pantalon mais, derrière, ce serait plutôt du genre short. Et, encore, très petit, le short !

— Ça va pas, non ! Espèce d'assassin ! T'aurais pu me tuer avec ta pétoire !

— Plume, mon chien !... Les Martiens l'ont enlevé... là, dans la soucoupe ! balbutie le barbu.

— V'là autre chose ! hurle de plus belle le garçon roux. Pour une fois que j'avais repéré une hulotte à aigrette dorée, il faut que je tombe sur un gogol !

C'est alors que la perdrix arrêtée en plein vol par le pisto-laser de Klix s'abat sur la tête du jeune braillard.

Sylva entend le garçon faire criiiiic et fuuuuuch avant de s'effondrer de tout son long sur le sol humide. Le barbu se précipite pour le relever et en profite pour récupérer la perdrix. Il veut se redresser. Plus possible ! C'est comme si on l'avait plongé tout entier dans un bain de ciment ultra-rapide.

Klix sort de son fourré, le pisto-laser braqué devant lui. Sans sa combinaison métallique, on le confondrait avec un bébé échappé d'une pouponnière.

*Mais... c'est un Marchien...*, pense Sylva.

Dans son émotion, il associe l'image de son chien à celle du petit bonhomme.

Aussitôt, le forestier entend une drôle de voix déformée qui dit :

— Pas Marchien... Je suis un Broxien... Je te parle grâce à mon DIL [1] et je ne suis pas content. Pourquoi le Terrien à quatre pattes avec sa grande gueule pleine de bruits s'est-il installé dans mon vaisseau sans mon autorisation ? Et pourquoi n'as-tu que deux pattes, toi ? Et pourquoi mange-t-il des fouilles [2] l'autre, par terre ? Vous êtes vraiment de drôles de bestiaux, les Terriens !

Sylva comprend vite, malgré les déformations du décodeur, que le petit bonhomme est très en colère. D'ailleurs, son front a viré au rouge vif sous son casque transparent.

Le barbu essaie de faire rapidement le point.

Il a failli tuer un garçon dans un arbre. Son chien s'est enfermé dans une soucoupe volante. Et il y a un extra-terrestre qui l'engueule.

Bref, la routine !

---

(1) Décodeur Inter-Langages. C'est pratique. Ça traduit tout. Pas en vente sur Terre, malheureusement. Il faudra encore bosser aux cours de langues.

(2) Klix veut dire « feuilles ». Le DIL a parfois des ratés. Vous verrez plus loin.

## MESSAGE 002. KLIX À STATION D'ÉTUDES DE BROX

Contrairement à ce que j'avais annoncé dans mon précédent message, il y a plusieurs sortes de Terriens. Malgré mes précautions, j'ai été surpris par deux spécimens particulièrement intéressants.

Tous deux marchent sur deux pattes. Ils nous ressemblent, en plus grand. Le premier porte une sorte de buisson de poils sur le visage qu'il appelle une barbe.

Le second est plus petit. Il a des cheveux couleur de feu. Ces deux êtres font partie d'une espèce spéciale : l'INANITÉ ou l'HUMANITÉ je ne sais plus bien. Le Terrien à quatre pattes s'appelle UN CHIEN. Il n'appartient pas à l'humanité. Sylva, le Terrien à poils, m'a expliqué que c'était un ANIMAL et que celui-ci était son AMI, un AMI BIEN d'après ce que j'ai compris.

J'ai fait sortir le chien de mon vaisseau. Il était tout bizarre. Il faut préciser qu'il a eu droit au massage-lavage-décrassage du siège automatique. Il n'a pas eu l'air d'avoir aimé cette opération.

Le Terrien plein de poils nous a invités dans sa maison. Elle est très jolie mais un peu grande pour moi.

Fin de message.

# 3

## DES MOTS DRÔLES
## AUX DRÔLES DE MOTS

Bataclan Victor s'en souviendra de sa hulotte à aigrette dorée. Son crâne s'orne d'un splendide promontoire douloureux, résultat du mauvais atterrissage d'une perdrix en chute libre. Sylva a d'ailleurs précieusement rangé l'assommeuse au congélateur. Il a aussi appliqué des glaçons sur la bosse du garçon, lui a servi un verre de vin chaud à la cannelle, puis l'a fait allonger sous une couette douillette. Avant de sombrer dans le sommeil, le garçon roux a bredouillé deux mots :

— Vélo… père ?…

Pour le vélo, aucun problème, le forestier l'a rapporté à la clairière. Quant au père, Klix lui a envoyé un message au moyen d'un vieux poste de télé dont Sylva ne se sert plus depuis longtemps. Il y fait sécher ses oignons et ses échalotes.

Profitant d'une pause, monsieur Bataclan se détendait en regardant un western. Ce que Klix a décrit de la façon suivante : « Des Terriens à deux pattes en train de tirer sur d'autres Terriens à deux pattes montés sur de grands animaux à quatre pattes. » Quel ne fut pas l'étonnement du forain de voir s'intercaler entre deux fusillades l'image de son fils endormi dans un grand lit rustique. Il lui a fallu un bon moment pour comprendre ce que Sylva lui racontait. Mais il s'est finalement rassuré quand le forestier, après avoir décliné son identité, lui a promis de ramener son fils dès le lendemain.

Maintenant, le petit spationaute, après avoir fureté dans tous les coins, s'est assis à côté de Sylva et entame une conversation très appliquée.

— Elle est jolie ta maison. Est-ce que tous les Terriens vivent dans les forêts ?

— Non... Beaucoup habitent dans les villes.

— C'est quoi, une ville ?

— C'est une forêt de maisons...

Le front du petit spationaute se teinte de jaune, ce qui est la couleur de la perplexité chez les Broxiens. Puis il sort de sa combinaison un petit appareil à touches sur lequel il se met à pianoter.

— C'est quoi ? demande à son tour Sylva, intrigué.

— Un téléscripteur-intersidéral. Pour envoyer des messages à ma planète.

— Je connais, dit le forestier. On a à peu près la même chose chez nous.

— Ah ! fait Klix, un peu vexé.

Puis il se concentre sur son travail.

Le forestier l'observe en silence. Au bout d'un moment, il dit en se grattant la barbe :

— C'est bizarre quand même que tu sois aussi petit. Tu ressembles à un bébé !

— Tais-toi, Terrien plein de poils au menton, j'essaie de capter ma planète.

La voix de Klix, à travers le décodeur, est cassante comme du verre.

— Pourtant, insiste Sylva, les Martiens que j'ai vus dans les films étaient beaucoup plus impressionnants que toi. Des monstres velus, tentaculaires, gluants, voraces, cruels. Des pieuvres géantes, des insectes énormes, des robots indestructibles...

— Si tu ne te tais pas, menace Klix, je te pisto-lasérise !

Le forestier grommelle. Quel caractère !

Puis il se dit qu'il n'a pas envie de se retrouver immobilisé, comme tout à l'heure, dans la forêt.

La nuit est tombée. Grâce à la grande verrière que Sylva a construite sur le toit, on a l'impression que le ciel entre dans la maison. Le forestier contemple les étoiles. Il les connaît toutes et pourrait les nommer sans se tromper. Pourtant, il n'a jamais entendu parler de Brox. Où se situe-t-elle ? Vers Sirius, près de Bételgeuse, dans la Constellation du Centaure ou plus loin que Véga ? Klix a dit que c'était une planète. De quel système astral fait-elle partie ? Autour de quel soleil tourne-t-elle ? Il meurt d'envie de poser toutes ces questions mais le petit bonhomme l'impressionne et il préfère ne pas le déranger.

De temps à autre, la lumière électrique faiblit. Le forestier songe qu'il devra vérifier l'éolienne qui lui fournit le courant. Puis il bourre sa pipe comme à l'accoutumée. C'est un geste qu'il accomplit machinalement depuis qu'il a cessé de fumer. Il se cale la pipe entre les dents, fait semblant de chercher des allumettes et, quand il en a assez de sucer le tuyau, il vide la pipe.

Plume, la tête enfouie entre ses pattes, essaie de dormir. Quand on l'a retiré du vaisseau spatial, on aurait dit un zombie. Tous ses poils étaient raclés, astiqués et brillants comme une chaussure bien cirée. Depuis, il ne s'approche plus du spationaute et le guette d'un œil méfiant.

Tout à coup, Klix rompant le silence profond, s'écrie :

— On me donne une seconde chance !

Il explique à Sylva que la première condition de sa mission n'ayant pas été remplie, il s'attendait à ce qu'on lui ordonne de revenir sur Brox.

— C'est vrai, reconnaît le forestier. Si tu ne devais pas te faire voir, c'est raté.

— Donc, mes pédaducs me permettent de poursuivre mon voyage à condition, cette fois, de PASSER INAPERCU. Est-ce que tu crois que ce sera possible ?

— Pourquoi pas ?... Comme tu ressembles à un bébé...

Klix lui coupe la parole. Son visage a rougi brusquement.

— Je ne suis pas un BÉBÉ, Terrien plein de poils au menton ! glapit-il.

— Et moi, je ne suis pas un Terrien plein de poils au menton, je m'appelle SYLVA.

Victor se réveille en sursaut :

— Qu'est-ce qui se passe ? Pourquoi vous criez comme ça ?

Des bulles de colère pourpres éclatent dans le casque de Klix. Il se tourne vers Victor.

— Toi, le Terrien aux cheveux rouges, on ne t'a rien demandé !

Le rouquin serre les mâchoires. Il y avait longtemps qu'il n'avait pas entendu de plaisanterie sur ses cheveux. Touché de plein fouet dans son amour-propre, il réplique du tac au tac :

— Oh ! le bébé de l'espace, fais gaffe à ta couche-culotte ou il pourrait t'arriver des bricoles !

La situation est tendue à l'extrême.

C'est le forestier qui recouvre le premier son

calme. Il fait signe à Victor de se taire puis lui
murmure à l'oreille :

— Il n'aime pas qu'on l'appelle « bébé »...

— N'empêche, insiste Victor à voix haute, il
n'a qu'à pas me traiter !

— Que signifie « traiter » ? demande Klix
dont le front s'est éclairci.

— Insulter, si tu préfères !... reprend Victor.
Tu as parlé de mes cheveux rouges !

— Je ne savais pas que « rouge » était une
insulte.

— « Rouge » n'est pas une insulte. « Noir »
non plus. « Jaune » non plus. Ça dépend
comment on le dit !

— Je ne comprends pas.

— On t'expliquera ! intervient Sylva. En
attendant, il faudra que tu prennes quelques
habitudes si tu veux observer les Terriens sans te
faire remarquer. D'abord, éviter d'employer des
mots de travers, ensuite écouter ce qu'on te dit,
et enfin, ne plus te mettre en colère pour un oui
ou pour un non.

— Je ne me mets pas en colère pour oui ou
non, je me mets en colère pour « bébé »...

— Tu vois, tu recommences !... Quand on
veut étudier, il faut un peu d'humilité.

Le petit spationaute est devenu grave. Comme
il a compris « humidité » au lieu d' « humilité »,
il se demande s'il ne lui faut pas verser quelques larmes. Aussi ses yeux se chargent-ils d'un

liséré brillant. Et c'est d'un ton grave qu'il dit :

— Il faut tout ça pour réussir mon examen ?

Le forestier hoche la tête.

— Tout ça et beaucoup de patience. Tu ne pourras pas tout comprendre tout de suite. Il y a même des choses que tu ne comprendras jamais. Même nous, les Terriens, nous ne savons pas tout. Il faudra en prendre ton parti. C'est très compliqué, les hommes...

Klix soupire. S'il avait su, il aurait demandé à passer l'examen de poète ou de musicien. Devant son découragement, Victor lui donne une tape sur l'épaule et lui lance en souriant :

— Allez, t'en fais pas ! On va t'aider. T'as pas l'air d'être un mauvais bougre, après tout.

— Oui, renchérit Sylva. On va t'aider.

Le visage du petit spationaute s'éclaire tout à fait.

— C'est vrai, vous allez m'aider ?... Oh merci, *danke schön, gracias, thank you...* euh... qu'est-ce que ça veut dire : aider ?

Sylva et Victor se regardent, circonspects.

— Ben ! fait patiemment Victor, aider, ça veut dire DONNER UN COUP DE MAIN.

Klix semble tout à coup très inquiet. Il gémit :

— Vous voulez me battre ?

— Non... pas du tout, dit Sylva.

— Alors, pourquoi mon DIL me traduit-il « coup de main » par « attaque rapide » ?

— Il se trompe, ton DIL... Si tu veux qu'on

t'aide, n'écoute pas trop ce machin. Quand on déforme les mots, on déforme les idées. Fais plutôt confiance à nos attitudes, à nos gestes. Est-ce qu'on a l'air de vouloir te frapper ?

Le petit spationaute, devant les grands sourires du forestier et du rouquin, se rassérène enfin. Victor s'amuse à ajouter :

— C'est vrai quoi ! On te prépare pas un coup fourré. On veut pas te donner des coups bas, ni le coup de grâce ni un mauvais coup. Ton examen, ce sera un coup de maître, crois-moi. Et si tu veux pas manquer ton coup, on va discuter le coup en buvant un coup...

Sylva éclate de rire. Klix, après un instant d'hésitation, en fait autant. Son rire est clair, haut perché. Il fait plaisir aux deux Terriens.

Seul, Plume, dans son coin, pousse un petit grognement.

## MESSAGE 003. KLIX À STATION D'ÉTUDES DE BROX

Le langage des Terriens est une chose singulière. Il paraît que sur cette planète on parle des dizaines de langues différentes. Ce ne doit pas être commode pour se faire comprendre, surtout que le DIL n'existe pas sur Terre. De plus, lorsque les mots se ressemblent, ils ne veulent pas forcément dire la même chose et, pour dire la même chose, on utilise des mots qui ne se ressemblent pas. C'est simple, comme vous voyez. Je crois que ces mots s'appellent des homonymes et des synonymes. Mais ce n'est pas tout. Les mots peuvent changer de sens selon la façon dont on les prononce. Par exemple, Victor, le petit Terrien aux cheveux de feu, m'a raconté que lorsqu'une maman dit à son fils : « Tu es beau ! » et qu'elle lui donne une gifle, c'est que son fils s'est roulé dans la boue et s'est tout sali ! Ils sont vraiment bizarres ces Terriens. Pourquoi n'emploient-ils pas un mot pour une chose et un mot pour une idée, comme sur Brox ? Peut-être m'expliquerez-vous ce mystère quand je serai de retour ?

Fin de message.

# 4

## LA STRATÉGIE DU LANDAU

Le petit matin accroche ses écharpes de brume aux branches des arbres. Dans la maison forestière, Sylva, le premier levé, a préparé un petit déjeuner copieux. Café au lait, thé, pain grillé, œufs au bacon, saucisson de montagne en rondelles et même pâté et rillettes. Depuis qu'il travaille très tôt dans la forêt, il a pris l'habitude de se sustenter solidement. Comme il le dit à Victor à peine réveillé : « Il faut du consistant pour affronter la nature. » Klix renifle les aliments avec circonspection. Il pose des questions sur tous, fait la grimace quand le forestier lui explique la fabrication du saucisson et du pâté.

Victor est sorti un moment, écouter l'aubade de l'alouette. Quand il revient, son visage est illuminé de fraîcheur et d'énergie. Il se jette sur le petit déjeuner avec un appétit d'ogre.

— Ce serait super si on pouvait construire les villes à la campagne ! dit-il en riant.

— Ne parle pas de malheur, réplique Sylva. Je serais obligé de m'exiler dans un désert !

Entre deux gorgées de café au lait, le petit rouquin annonce :

— Finalement, j'ai trouvé une solution pour notre invité.

— J'avais bien raison de dire hier soir que la nuit porte conseil...

— Vous savez que mon père tient un manège...

Le petit spationaute, après avoir reniflé une rondelle de saucisson, la repose dans le plat d'un air dégoûté.

— Sa soucoupe n'est pas très grande d'après ce que tu nous as dit...

— Où veux-tu en venir ? s'étonne Sylva.

— Un manège, une soucoupe..., sourit Victor.

— C'est quoi un manège ? demande Klix en aspirant une goulée de café au lait par une espèce de tuyau télescopique branché sur le casque.

Les deux autres ne répondent pas.

— Mais lui, comment va-t-on le cacher ?

Victor se penche vers le barbu et lui marmonne

quelques mots à l'oreille. Le visage du forestier s'éclaire.

— C'est une excellente idée... mais où vas-tu trouver un landau ?

— Mon père n'a jamais voulu se séparer du mien. Il est peut-être un peu poussiéreux mais en lui donnant un coup de chiffon...

— C'est quoi un landau ? demande Klix qui ne perd pas une miette de la conversation tout en aspirant un deuxième bol de café au lait.

— Une voiture pour bébé...

Au mot « bébé », le front de Klix vire au rouge. Il manque s'étrangler.

— Pour des bébés... terriens ! s'empresse d'ajouter Sylva.

— Ah bon !... se rassérène Klix. Vous avez donc trouvé un moyen de m'emmener en ville ? Mais... le vaisseau, comment allez-vous faire ? Vous savez que je ne peux pas m'en éloigner pour communiquer avec ma station...

— J'ai ma Mercedes... Ça fait un mois qu'elle n'a pas roulé... Elle a sûrement besoin d'un bon décrassage...

Sylva se lève.

— T'as une tire ? Une Mercedes ? Pour un homme des bois, t'es vachement moderne ! s'exclame Victor.

— Tu me prends pour un Papou ? rétorque le forestier. Je ne suis pas un ermite, monsieur le dénicheur ! Tous les mois, je vais faire mes courses, vendre mes produits au marché, jeter un œil sur le film du jour... J'ai même vu *Le Grand Bleu* et *L'Ours...*

Victor n'en revient pas. Il s'en veut d'avoir froissé l'amour-propre du forestier. Quant à Klix, il demande, sans conviction :

— C'est quoi une Mercedes ?

Et il pianote sur son DIL pour obtenir une réponse qui le plonge dans la perplexité : « Prénom féminin d'origine espagnole. »

Pour se faire pardonner, le petit forain dit à Sylva :

— Je m'y connais un peu en mécanique. Je vais m'occuper de la voiture. Tu me passes les clés ?

— Elles sont dessus.

— Tu crains pas les voleurs, toi !

— Tu as déjà vu une belette conduire une voiture ? s'amuse Sylva, puis il s'empresse d'ajouter : Hé ! fais attention quand même... dans une forêt, il y a des arbres !

— T'inquiète pas, chef ! Je vais pas faire le Paris-Dakar !

Pendant que le forestier nettoie les bols et range le reste des aliments, le petit spationaute en profite pour le bombarder de questions.

— Quelle différence y a-t-il entre les hommes et les animaux ? Est-ce le nombre de pattes ?

Il montre Plume qui, discrètement, s'éclipse dehors en évitant de passer trop près de lui.

— Non ! fait Sylva. Il y a des animaux à deux pattes comme nous.

— Est-ce que les hommes courent plus vite ?

— Pas toujours...

— Ils sont plus souples ?

— Sûrement pas !

— Ils sont plus forts ?

— Ça dépend !

— Ils sont plus intelligents ?

— Oui... voilà, ils sont plus intelligents.

Klix pianote sur son clavier, tout excité par ces réponses. Puis il réfléchit un court instant et reprend :

— S'ils sont plus intelligents, c'est qu'ils peuvent maîtriser leurs instincts ?

— Euh... en principe... Mais il arrive que non.

— Alors, ils savent préserver leur milieu naturel ?

— Ah ! non, on ne peut pas l'affirmer !

— Ils acceptent les différences ?

— C'est que...

— Ils s'entendent bien avec leurs semblables ?

— Ben !...

Devant le désarroi du barbu, Klix laisse fuser un petit rire flûté.

— Es-tu sûr que les hommes soient si différents des animaux ?

— Justement, je me le demande, fait Sylva songeur, en se grattouillant la barbe. Mais insatisfait de cette réponse rudimentaire, il ajoute après quelques secondes de réflexion : Vois-tu, la grande différence entre les animaux et les hommes, je crois bien que, justement, c'est leur différence... Je m'explique... Un chat c'est un chat ; à peu de choses près, tous les chats se ressemblent. Pareil pour un lion, une mouche ou un lézard. Pour les hommes, il y a bien sûr beaucoup de points communs mais tellement d'écarts qu'on se demande parfois s'ils sont vraiment nés sur la même planète. Par exemple, quels rapprochements pourrait-on faire entre un Hitler et un Einstein ? un Mozart et un Landru...

Klix le regarde, étonné.

— Oui... je t'expliquerai qui sont ces gens mais ce que je voudrais te faire comprendre, c'est qu'entre certains hommes, il y a autant de différences qu'il peut y en avoir entre une bête immonde et un ange sublime... Alors tu vois qu'il est très difficile de parler des hommes en général...

Klix n'a pas l'air très convaincu.

— Tu ne les aimes pas trop, tes semblables, constate-t-il gravement.

— Mais si, je les aime ! s'écrie le forestier. Enfin, ça dépend lesquels ! Mais j'aime d'abord la forêt.

Puis il se lance dans une explication passionnée où il dit pourquoi il a choisi la forêt, la solitude, le contact direct avec la nature. Il aime les arbres parce qu'ils ont les pieds dans la terre et la tête dans les nuages. Il sait leur parler, les écouter. Il les aime aussi car ils représentent le lien entre le soleil, l'air et l'eau.

Le petit spationaute l'écoute, fasciné. Il en oublie même de pianoter.

Dans un silence tout bruissant des ramures murmurantes de la forêt peignée par le vent, il soupire :

— Sur ma planète, tu serais grand maître en poésie.

Ce compliment trouble le barbu. Il regarde le petit bonhomme avec un œil humide.

À ce moment, une pétarade éclate dans la clairière. Un vrombissement de moteur emballé se rapproche de la maison, le dépasse. Puis, un fracas de ferraille. Puis... plus rien !

Sylva se sent envahi par une soudaine sueur froide.

— Pourvu que !...

Mais la porte s'ouvre en claquant. Victor s'encadre dans le montant. Il clame avec un rire forcé :

— Ça marche !

Le forestier pointe son doigt sur le front tuméfié du rouquin :

— Et ça, c'est quoi ?

Victor se frotte la tête.

— Oh ! c'est rien !... ma bosse se sentait seule... je lui ai donné une copine... Puis il enchaîne : Une aile avant droite, c'est pas utile pour rouler ?

— Je t'avais pourtant dit…, hurle Sylva.

— Oh ! ça va, ça va… Puisque je te dis qu'y a rien de cassé. De toute façon, elle était ripou ton aile avant droite !

Klix se demande si les deux Terriens ne sont pas en train de se moquer de lui. La Mercedes était une femme, voilà qu'elle est devenue un oiseau.

*Décidément !* pense-t-il, *j'ai encore beaucoup à apprendre sur cette planète bizarre !*

## MESSAGE 004. KLIX À STATION D'ÉTUDES DE BROX

Le Terrien nommé Sylva m'a renseigné sur la circulation des marchandises. C'est tout à fait surprenant. Cet homme qui préfère vivre en dehors des VILLES s'y rend cependant régulièrement pour échanger ses produits contre d'autres produits. Ces échanges sont très compliqués parce qu'il faut d'abord passer par un intermédiaire qui s'appelle l'ARGENT. Contrairement à ce que son nom indique, l'argent n'est pas en argent mais en PAPIER et en rondelles métalliques. C'est ce qu'on appelle de l'ARGENT LIQUIDE. Encore une bizarrerie du langage terrien : l'argent liquide ne se boit pas, pourtant il sert à manger. Avec une certaine quantité d'argent, Sylva peut se procurer ce dont il a besoin.

J'ai calculé par exemple qu'avec un lièvre, il

pouvait avoir vingt-cinq brosses à dents, avec un pot de miel, la moitié d'un slip, avec une peau de renard, dix paires de bretelles. Mais je ne comprends pas ce qu'il peut faire de vingt-cinq brosses à dents, d'un demi-slip et de dix paires de bretelles. Pourtant mon calculateur est formel.

Enfin, le Terrien nommé Sylva m'a dit en riant que « l'argent ne fait pas le bonheur de ceux qui n'en ont pas » : Mais je n'ai pas bien compris.

Fin de message.

# 5

*KLIX À L'ÉCOLE*

L'école de Victor Bataclan est située en plein milieu des HLM. Elle est rouge et blanche avec des traits verts. On dirait une bonbonnière. Victor est en CM 2. À onze ans, il a un peu de retard parce qu'avec son père, il déménage tout le temps. C'est difficile de poursuivre ses études quand elles changent de place sans arrêt.

Il fréquente l'école des Cèdres depuis deux mois et il en est content. Il a de bons copains et son maître, M. Chevalet, sait faire pousser les idées, comme un bon jardinier les fleurs. Ainsi, la classe n'est jamais ennuyeuse. Donc, le petit forain n'appréhende pas de se rendre tous les jours dans sa jolie école rouge et blanche.

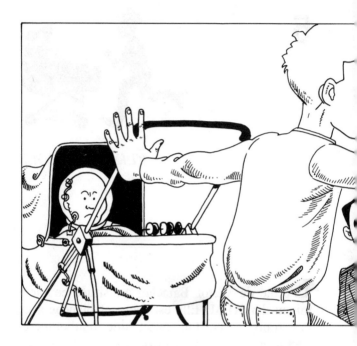

Pourtant, ce matin, il n'est pas très rassuré.

Quand il pénètre dans la cour en poussant devant lui le landau que lui a prêté son père après maintes recommandations, il attire aussitôt la curiosité des écoliers. Très vite, un attroupement s'amasse autour de ce curieux équipage.

M. Chevalet le sauve des questions embarrassantes.

— J'ai dû amener mon petit cousin ! se justifie Victor. À cause de la fête, personne ne pouvait le

garder. Mais il faut qu'il reste couvert car il est très fragile des bronches.

Le maître se penche sur le landau et remarque avec un brin d'ironie :

— Il fait de la plongée sous-marine, ton petit cousin ?

— Non, monsieur... c'est à cause des microbes... Il est allergique...

M. Chevalet sourit. Il aime bien le petit forain. Même s'il écorche l'orthographe et si les divisions

à trois chiffres sont pour lui un mystère insonda-
ble, il est sans rival dans la connaissance des
oiseaux. Et, dernièrement, il a fait découvrir à ses
camarades la mésange charbonnière qui se niche
dans les boîtes aux lettres, le pouillot véloce
surnommé « le compteur d'écus » à cause de son
tip-tap sans cesse répété, et même le pic épeiche
qui taraude les arbres avec la vigueur du marteau-
piqueur. M. Chevalet pense que ce que l'on
apprend ne se trouve pas toujours dans les livres.

— Sais-tu que tu me donnes une idée, dit-il à
Victor, un peu troublé malgré tout. Aujourd'hui,
nous allons parler des microbes. En attendant, va
mettre ton bébé à l'abri.

Au mot « bébé », le landau est saisi d'une
violente secousse, faisant reculer les curieux.

— S'il a les bronches fragiles, constate le
maître, il ne manque pas d'énergie, ton cousin...

Quelques instants plus tard, M. Chevalet a
lancé une grande enquête sur les maladies et
chacun s'interroge, qui sur sa dernière coque-
luche, qui sur sa rougeole ou sa varicelle. Puis il
envoie une équipe fouiller la vase de l'étang
voisin avec pour mission de rapporter des flacons
de liquide bien trouble et bien épais. Pendant ce
temps, il prépare les microscopes en annonçant :

— Les microbes qui ont causé vos maladies ne
se trouvent pas nécessairement dans l'eau de
l'étang. Mais ceux que vous allez découvrir y
ressemblent un peu.

Un peu plus tard, il intervient parce qu'un des porteurs de flacon y a laissé tomber un morceau de chewing-gum.

— Tu peux le vider. Nous ne l'utiliserons pas. La première règle pour observer un milieu, c'est de ne pas le déranger. Imagine que ton chewing-gum plaise à ces microbes !

Tout le monde rit.

Victor comprend très bien ce qu'a voulu dire M. Chevalet. Quand il reste des heures à l'affût pour surprendre ses oiseaux dans leurs activités intimes, il sait très bien que le moindre élément perturbateur modifie leurs habitudes. Du coup, il pense à Klix.

N'est-ce pas le même but que s'est fixé le petit Broxien ? Étudier ce qui l'entoure sans le modifier.

Mais, en se penchant sur le landau, il s'aperçoit que Klix est en train de négliger ces règles élémentaires de la recherche scientifique.

En effet, le petit spationaute a sorti son téléscripteur et il pianote à vive allure sur le clavier. Or, malgré la légèreté de sa frappe, les touches cliquettent. Il ne faut pas longtemps pour que Sarah, la curieuse, remarque le manège.

— Monsieur, est-ce qu'un bébé connaît l'informatique ? s'exclame-t-elle.

Le maître, décontenancé, regarde Sarah sans répondre. Un groupe s'approche déjà du landau.

Victor s'affole.

— Je vous ai dit de laisser mon cousin tranquille ! Reculez-vous !

Sa voix est si menaçante que M. Chevalet décide d'intervenir.

— Voyons, Victor, ils ne veulent pas lui faire de mal à ton cousin ! Qu'est-ce que c'est que cette histoire d'informatique ?

Victor voit avec terreur le maître se diriger vers le landau pendant que Klix sort, de sous les couvertures, son pisto-laser.

Tout à coup, on frappe à la porte. M. Chevalet hésite puis finalement fait demi-tour.

*Sauvés !* pense Victor et, sans ménagement, il recouvre le landau avec une couverture, rejetant Klix dans le fond de la voiture.

— T'es pas très doux avec ton bébé ! remarque Sarah.

Heureusement, elle n'a pas vu l'arme.

M. Chevalet appelle le forain. Une surprise attend le garçon. Sylva est là, dans son costume de velours râpé, un peu embarrassé.

— Tu connais ce monsieur ? demande le maître.

Sylva lance un clin d'œil au garçon par-dessus l'épaule de M. Chevalet.

— Bien sûr... c'est mon oncle..., dit Victor après une courte hésitation.

— Eh bien, il paraît que ton père te demande, ajoute le maître. Mais, dis-moi, un petit cousin en scaphandre et un oncle barbu, tu m'avais

caché que tu avais une aussi nombreuse famille.
Moi qui croyais que tu vivais seul avec ton père !
Il faudra me raconter...

En route, Sylva murmure à Victor :

— Mon cher « neveu »... il y a un petit
problème avec la soucoupe.

## MESSAGE 005. KLIX À STATION D'ÉTUDES DE BROX

Les petits Terriens fréquentent un bâtiment
appelé LES COLS. D'après mon DIL, il y a plusieurs
sens pour ce mot. Soit la partie d'un vêtement qui
entoure le cou, soit un passage étroit entre deux
montagnes. Je ne vois pas bien le rapport avec le
bâtiment. Peut-être cela signifie-t-il que les petits
Terriens doivent en « mettre un cou » pour vaincre
les obstacles. En tout cas, j'ai pu voir qu'ils travail-
lent avec un grand Terrien pour regarder ce qu'il y a
dans des flacons de gadoue. Ils se mettent les yeux
sur des tubes pour repérer des microbes. Il paraît
que ce sont de très petits animaux qui peuvent
rentrer dans le corps et qu'on ne voit pas. C'est très
inquiétant. Le grand Terrien s'appelle le MÈTRE DES
COLS. Je crois que c'est parce qu'il mesure ce que
font les enfants. Il a l'air très gentil mais il m'a
regardé bizarrement. Peut-être qu'il m'a confondu
avec un microbe.

Victor m'a dit que les enfants apprennent aussi
dans des objets à feuilles mobiles qui s'appellent
des LIVRES. Dedans, il y a des signes bizarres qui

sont des mots. Ils sont placés en rangs sur des LIGNES et quand on les suit des yeux ça s'appelle la LECTURE. Avec ces lignes on peut fabriquer des IMAGES DANS LA TÊTE. Exactement comme un appareil de vidéographie. Victor m'a promis de me prêter quelques-uns de ces objets fabuleux. Il a même ajouté qu'avec les livres on pouvait aller aussi loin qu'avec mon vaisseau intergalactique. Mais je ne l'ai pas cru. Pourtant, je connais les signes que mon DIL inscrit sur le téléscripteur mais je ne savais pas qu'on pouvait les conserver sur des feuilles.

Ces Terriens sont vraiment surprenants.

Fin de message.

# 6

## *ALERTE À LA SOUCOUPE*

Une foule nombreuse a envahi les allées bordées de baraques multicolores, de tirs, d'attractions de toutes sortes. La femme la plus grosse du monde voisine avec le plus petit homme de l'univers. Démoniak l'Invincible lance des défis aux passants en faisant rouler ses muscles impressionnants. De la « Caverne des Frissons » bariolée d'araignées géantes, de serpents et de crânes phosphorescents, parviennent des hurlements stridents.

Des gamins se barbouillent de barbe à papa. D'autres s'attardent devant les glaces déformantes. Des nains habillés en singes dansent avec

des singes habillés en nains. La femme-serpent
s'allonge lentement dans un grouillement repti-
lien. Plus loin, sur une vaste esplanade, les
manèges aux musiques tonitruantes offrent leurs
vertiges et leurs pirouettes. Le grand huit, les
chenilles, les autos tamponneuses attirent surtout
les plus grands.

Le manège des Bataclan est pris d'assaut par
les plus petits. Avions, motos, voitures, vélos
et... une soucoupe. Une belle soucoupe métallique, toute neuve, en forme d'œuf avec l'avant
transparent où l'on peut apercevoir un superbe
tableau de bord couvert d'écrans et de touches
fluorescentes.

Malheureusement, une pancarte condamne
l'accès à ce superbe engin : EN DÉRANGEMENT.

D'ailleurs, M. Bataclan lui-même, un petit homme roux et râblé, repousse en souriant les impatients et les curieux.

Mais, comme il est bien obligé de s'occuper de la manœuvre, il laisse souvent la soucoupe sans surveillance.

Lorsque le forestier est arrivé à l'aube avec sa Mercedes brinquebalante et son drôle de compagnon, le père de Victor n'en a pas cru ses yeux. Puis, comme c'est un homme du voyage et qu'il aime l'extraordinaire, il a accepté sans hésiter d'aider le Broxien. On a donc installé le vaisseau spatial sur le manège, puisque c'était finalement le seul moyen de ne pas (trop) se faire remarquer. C'était compter sans la curiosité que provoquerait cet engin nouveau.

Pendant un temps, Sylva, installé sur un banc en face du manège, a surveillé les clients entreprenants. À part une fillette qui répandit consciencieusement une glace à la framboise sur le cockpit, deux garnements qui s'acharnèrent à coups de pied pour ouvrir la portière et un chat alpiniste, surpris de se retrouver au sommet du vaisseau, le barbu n'eut pas grand-chose à faire. Jusqu'à ce que...

— Tu comprends, dit le barbu à Victor, en prenant un virage à fond avec le landau, je n'avais pas prévu le maniaque à la photo... Quand j'ai vu un gamin préparer son Polaroïd, je me suis dit qu'il y avait un risque. Une photo, c'est compromettant. Je ne crois pas que notre invité aurait apprécié, lui qui doit passer inaperçu. J'ai demandé au reporter en herbe de se retirer. Il m'a ri au nez. Ma main est partie. Je ne voulais pas taper fort. L'appareil a volé à dix mètres. La mère a failli me briser son parapluie sur les reins. La police s'en est mêlée. Bref, le scandale ! Heureusement, ton père a sauvé la situation. Il a offert un tour de manège gratuit à tout le monde. Mais je crois qu'il faudra déplacer la soucoupe.

Le landau s'agite violemment. La voix étranglée de Klix se fait entendre :

— Si quelqu'un touche à mon vaisseau spatial, je le réduis en marmelade !

A ces mots, une vieille dame s'écrie :

— Il n'a pas l'air commode, votre gamin. Je vous plains, mon pauvre monsieur !

Le forestier bredouille deux, trois mots bizarres et s'éloigne en forçant l'allure.

Mais ils sont pris par la cohue.

Victor tente difficilement de frayer un chemin au landau à travers la foule compacte. Enfin, après bien des efforts, ils parviennent à l'esplanade des manèges. M. Bataclan semble très agité. Il a recouvert l'engin spatial avec une bâche, ce qui n'a fait qu'aviver la curiosité des enfants. Il a même dû en déloger qui se glissaient sous la bâche. Bref, le pauvre forain est au bord de la crise de nerfs. Klix, pensant lui faire plaisir, a le malheur de dire :

— Chez nous, sur Brox, la curiosité est la première des qualités !

M. Bataclan, énervé, réplique sèchement :

— Eh bien, chez nous, sur la Terre, la curiosité est un vilain défaut !

— Si je comprends bien, dit Sylva, on ne peut pas rester ici. Votre caravane est trop petite pour nous abriter tous. Nous allons retourner dans la forêt.

À ces mots, le petit spationaute se redresse et, passant la tête hors du landau :

— Vous avez promis de m'aider. Je n'ai presque rien vu. Et j'ai déjà perdu beaucoup de blouxis. Si vous me ramenez à la forêt, je vais rater mon examen !

Victor ne s'attarde pas à se demander ce que sont les mystérieux « blouxis » (probablement les points d'une notation non moins mystérieuse) mais, coupant court au mouvement d'humeur du forestier, il lance :

— J'ai une idée pour rester ici et peut-être pour permettre à Klix d'observer en toute tranquillité. Mais je ne suis pas sûr que ça marchera.

— À quoi penses-tu ? dit M. Bataclan.

— Aux Freaks !

— Aux Freaks ?... Ce n'est peut-être pas la meilleure façon d'étudier nos mœurs !

— Pourquoi pas !

— Après tout, mon fils, tu as peut-être raison... pourquoi pas ?

Sylva, qui a mal compris, a cru qu'on parlait de
« frites ». Le père de Victor lui offre de se
restaurer à la caravane. Il y a un reste de poulet
rôti et du cidre bouché. Le barbu accepte avec
gourmandise. Il en profitera pour rapporter quelques os à Plume qu'il a laissé seul à la clairière.
Le chien ne supporte pas le tohu-bohu de la
ville.

— De toute façon, explique-t-il à Victor, en
faisant sauter le bouchon de la bouteille de cidre
(« je vous apporterai du cidre de ma production
monsieur Bataclan, celui-ci n'est pas mauvais
mais vous verrez... »), de toute façon, je dois
retourner à la forêt. Mes poules et mes lapins ont
besoin de manger eux aussi. Mais si vous avez
besoin de moi, n'hésitez pas à m'appeler. Klix
pourra se servir de ma vieille télé puisqu'il l'a
déjà fait.

— Oui, remarque Victor, à condition qu'il
puisse le faire... Sinon, j'ai deux messagers ici qui
pourront nous être utiles...

Il montre deux splendides pigeons ramiers aux
jabots crémeux qui dorment dans une grande
cage blanche.

— Toto et Coco, précise le petit forain. Ils ont
déjà traversé plusieurs fois la Manche. Je corres-
ponds avec un *boy-friend* à Londres. Ce sont eux
qui lui transmettent mes messages...

Le petit spationaute regarde les pigeons avec
une certaine admiration. Puis, posant une nou-

velle fois la cuisse de poulet sans y avoir touché, il demande :

— Au bout de cette cuisse, il y avait bien une patte ?

Sylva suspend sa mastication, essuie d'un revers de la main les bribes de nourriture qui encombrent sa barbe et dit en riant :

— Oui... et aussi un corps et une tête et des ailes... Pourquoi ?

— Pour rien..., fait Klix d'un air profondément dégoûté.

## MESSAGE 006. KLIX À STATION D'ÉTUDES DE BROX

Les Terriens se nourrissent de la chair d'animaux morts. J'ai demandé à Sylva s'il mangeait aussi de la chair d'homme. Il s'est mis en colère en me criant : « POUAH ! JE NE SUIS PAS UN CARNIBALE ! » Je me suis fait expliquer ce mot. Un CARNIBALE, c'est celui qui mange de la carne (viande) d'homme. J'ai répliqué que les hommes étant aussi des animaux, il serait normal qu'ils mangent aussi leur propre viande. Sylva n'a su que répondre. Pourtant, il a reconnu que sur Terre, beaucoup d'animaux se mangent entre eux. On les appelle les CRANIVORES. Je crois que c'est parce qu'ils aiment bien se sucer la tête. D'autres se nourrissent uniquement de plantes. Ce sont les ZERBIVORES. Mais ceux-ci sont aussi dévorés par les cranivores. Quel appétit ! J'ai demandé à Sylva qui le mangerait à son tour. Il m'a dit que PERSONNE NE MANGE LES HOMMES, SAUF LE TEMPS. Il faudra que vous m'expliquiez cette parole bizarre.

Je n'ai pas voulu toucher aux morceaux d'animaux morts que Victor et Sylva ont engloutis avec leurs bouches pleines de dents. C'était drôle de les voir mastiquer. On aurait dit la machine qui casse les vieilles fusées sur Brox.

Heureusement, on m'a fait goûter d'autres choses délicieuses. Par exemple, les FRUITS. Il y en a de toutes sortes, ils poussent sur les arbres, ils ne marchent pas, ils ne crient pas, c'est plus facile à manger. Victor, le petit Terrien aux cheveux de feu m'a offert des petites billes sucrées qu'on appelle des BON-BON. Ça s'appelle comme ça parce que c'est BON. Ça ressemble à nos pastilles nutritionnelles mais c'est vachement (1) meilleur.

Pour terminer sur la nourriture, on m'a dit que dans certains endroits de la Terre, il y a beaucoup de Terriens qui meurent de faim, alors que dans d'autres endroits, ils jettent la nourriture. Je ne comprends pas.

Fin de message

---

(1) « Vachement » est un mot souvent employé par Victor et qui exprime une grande admiration, sans doute parce que la vache, à ce qu'on m'a dit, est un grand animal.

# 7

## *LES FREAKS*

Finalement, monsieur Bataclan a garé la soucoupe dans le camion à manèges. C'était simple
mais il fallait y penser. Cette opération n'a pas
plu à certains petits fanatiques, déçus de voir
l'engin soustrait à leur caprice. Victor n'a même
pas réussi à les calmer en leur promettant un tour
gratuit. Sylva a dû faire les gros yeux.

Klix, qui a assisté à la scène, a été très étonné.
Pour se débarrasser de ses questions embarrassantes, le petit rouquin s'est contenté de lui dire :
« Ils s'amusent. » Pour « s'amuser », en a déduit
le spationaute, il faut donc crier très fort, courir
en tous sens, et surtout faire enrager les grands
Terriens.

C'est avec soulagement que Sylva a repris le

chemin de la forêt. L'air léger de la clairière commençait à lui manquer sérieusement.

Quelques instants plus tard, Victor, poussant son landau, pénètre dans le palais des Monstres. Un public impatient se presse à la caisse. Sur une estrade, un homme en chapeau haut de forme et cape noirs lance son boniment d'une voix toni-truante.

Le petit forain longe le chapiteau et va frapper à la porte d'une grande caravane. On ouvre. Un homme paraît. Il fait presque deux mètres trente de haut. Il a une tête énorme et carrée, le front couturé d'une balafre. Sa mâchoire inférieure semble reposer directement sur un cou épais comme un tronc d'arbre. Au bout de bras interminables, deux mains taillées dans la pierre.

Le landau est saisi de secousses. Klix pousse un cri étranglé.

— N'aie pas peur, dit Victor très calme. C'est Frankenstein [1], il n'est pas méchant !

— Bonjour, Victor, dit le géant. Qu'est-ce qui t'amène ?

— Je veux voir Traponi...

— Il finit la parade. Il va pas tarder... Entre.

Ils pénètrent dans une pièce où se préparent les artistes du palais des Monstres. Ce que découvre Klix le laisse pantois.

------

(1) Nom du docteur qui a créé *Le Monstre* auquel on a coutume d'attribuer l'identité de son maître.

Les sœurs siamoises Jude et Judy, installées devant un double miroir, se maquillent méticuleusement. Peter, le squelette vivant, enfile un maillot moulant où pointent tous ses os. Koo-Koo, la femme-oiseau, lisse les plumes qui ornent son buste. Hans, le nain, donne à manger à John, l'homme-tronc, emmailloté comme un saucisson et posé directement sur une table. C'est Frankenstein qui l'emportera sous son bras, tout à l'heure, pour faire son entrée en piste. Les deux jumelles Pip et Zip, à la tête grosse comme un poing, vérifient leur costume. La femme à barbe, Pamela, peigne soigneusement une cascade de poils roux qui lui tombe sur la poitrine dont les rondeurs sont soulignées par une robe à balconnets [1].

Victor les connaît tous et les salue par leur nom. On lui sourit, on lui répond par un mot aimable. Personne ne s'étonne de voir un bébé en scaphandre assis dans un landau. Klix observe tout ce monde avec une grande perplexité. Des questions lui brûlent les lèvres.

Hans essuie la bouche de l'homme-tronc qui a fini de manger. Puis le nain enfile la veste de son habit, se coiffe d'un chapeau melon et, sortant un jeu de cartes de sa poche, il commence un tour d'illusionnisme. Les cartes volent, disparaissent,

(1) Les Freaks (monstres) présentés ici font partie d'un film. Ce sont des personnes qui ont vraiment existé.

reviennent à une vitesse folle. Abandonnant les cartes, il fait jaillir des œufs de sa manche. Il fouille le buste à plumes de Koo-Koo et en extrait une demi-douzaine. Koo-Koo pousse des caquètements cocasses en battant des bras.

Soudain une voix retentit :

— En place ! Entrée dans une minute !

Un gnome fait irruption, moitié homme, moitié singe. Son visage, ses bras, son torse sont recouverts d'une abondante toison noire. Ses yeux brillent d'un reflet métallique.

Il aperçoit Victor et le landau.

— Qu'est-ce que tu fais là ? braille-t-il.

Ses mains poilues s'agitent en tous sens. Frankenstein, très calme, avec une drôle de petite voix fluette, s'interpose :

— Calme-toi, Monky ! Victor et son bébé veulent voir monsieur Traponi.

L'homme-singe hésite. Une lueur d'incrédulité passe dans ses yeux.

— Son bébé ?

Puis il se radoucit.

Klix, qui avait sorti son pisto-laser, à tout hasard, le rengaine discrètement.

Monky se désintéresse du landau et hurle de nouveau :

— Allez, c'est l'heure ! Grouillez-vous ou le patron va piquer sa crise !

Dehors, une musique de cirque annonce la

reprise du spectacle. En un clin d'œil, la pièce se vide.

Klix en profite pour sauter hors de sa voiture étroite et se dégourdir les jambes.

— Il faut que tu m'expliques, dit-il au petit forain. Ces Terriens à deux pattes ne ressemblent pas aux autres. On dirait des brouillons. Pourquoi ?

— Ce sont des monstres ! soupire Victor.

— Des montres ? Ils donnent l'heure ?

— Pas des montres. Des MonStres... Des êtres anormaux, des erreurs de la nature.

— Des erreurs de la nature ? La nature se trompe donc ?

— Ça arrive !

— Vous n'avez qu'à lui demander de recommencer. Quand on se trompe, on recommence. *Si tu rates la cible, change la cible.* C'est un proverbe broxien.

— On ne demande rien à la nature. C'est elle qui décide...

— Chez nous, sur Brox...

Le petit spationaute s'apprête à vanter une nouvelle fois les mérites de sa planète quand la porte s'ouvre. Un gros homme à haut-de-forme et cape noirs entre. Son visage jovial s'éclaire à la vue de Victor. Il s'exclame avec un fort accent italien :

— Tiens ! Bataclan Junior ! Comment tu vas ?

Le rouquin serre la main vigoureuse que lui tend l'homme.

— Très bien, monsieur Traponi.

— Et c'est le petit frère ? Tu ne m'avais pas dit que tu avais un petit frère ! Il est beau, ce petit frère !

— Non, c'est pas mon frère, réussit à placer Victor, c'est mon cousin. Justement, je voulais...

— C'est un beau bébé ! Quel beau bébé ! C'est un bébé magnifique !

A ce mot, répété avec insistance, le front de Klix devient tout rouge. Victor s'écrie :

— Ce n'est pas un bébé, monsieur Traponi. Il a mon âge et c'est pour ça que je me suis permis de venir vous voir. Nous, on ne peut pas grand-chose pour lui sur le manège.

Le gros homme redevient grave. Il pose sa cape sur un dossier de chaise, essuie son front couvert de sueur et se place devant un miroir pour faire un raccord de maquillage.

— Si je comprends bien… Tu veux que je le prenne avec moi ? Mais j'ai déjà beaucoup de nains.

— Ce n'est pas tout à fait un nain, monsieur Traponi, c'est un… Il cherche un mot, hésite puis lance : … c'est un surdoué !

Un rire silencieux secoue les joues flasques du directeur. Il montre Klix immobile dans un coin.

— Il fait de la pêche sous-marine, ton surdoué ?

— Non, il ne supporte pas les poussières… Il a des allergies. Mais il pourra vous rendre de grands services. Faites-moi confiance, monsieur Traponi…

Le petit forain plaide sa cause avec tant de conviction que le gros homme sourit.

— Allons, Victor, tu sais bien que je suis ton ami. Dis-moi ce que je dois faire.

Alors Victor explique au directeur qu'il souhaiterait lui confier Klix quelques jours, le temps de

lui trouver une famille d'accueil, car son père ne
peut s'occuper de lui à cause de son travail et que,
pour sa part, l'école n'accepterait pas de se
charger d'un malade. Monsieur Traponi ne semble pas très convaincu par ces explications
embrouillées. Mais il n'est pas homme à s'éton-
ner. Il a l'habitude des bizarreries. Aussi est-ce
avec le ton du professionnel qu'il s'enquiert :

— Sait-il jongler ? Faire l'équilibre ? Le
saut périlleux ? Jouer d'un instrument de
musique ?

À toutes ces questions, Victor répond évidem-
ment par la négative.

Monsieur Traponi fait la moue.

— Hum ! pas très doué, ton surdoué ! Bah ! je
le mettrai dans le numéro de Monky et Vénus.
Son costume me donne une idée...

Le petit rouquin remercie chaleureusement le
directeur. Celui-ci tend la main à Klix.

— Vous êtes le bienvenu, monsieur le
surdoué !

Klix le regarde avec perplexité. Il prend la
main de Traponi, la retourne comme s'il y
cherchait quelque chose.

Victor rougit.

— Ah ! je crois qu'il ne sait pas encore bien
saluer !

Il montre au jeune spationaute le geste tradi-
tionnel de la poignée de main. Klix s'empare de
la main du directeur et la secoue dans tous les

sens pendant un long moment. Le gros homme se dégage difficilement.

— Décidément, il est étonnant ton petit cousin... Il a une sacrée force ! Puis, prêtant l'oreille à la musique qui provient du chapiteau, il dit : Ça va être le final. J'y vais.

À son départ, le petit spationaute se précipite sur Victor :

— Qu'est-ce que ça veut dire ? Tu ne vas pas me laisser avec des monstres ! Avec ces Terriens mal finis ?

— Tu as un autre moyen de passer inaperçu ?

— Je refuse de me mêler à ces horreurs !

## MESSAGE 007. KLIX À STATION D'ÉTUDES DE BROX

Les Terriens sont très différents les uns des autres. Mais il y en a qui sont encore plus différents. Ils n'ont pas l'air d'être finis. Il leur manque des morceaux. Le petit Terrien aux cheveux de feu veut me laisser avec eux. Je ne suis pas d'accord. Pourtant, c'est le seul moyen qu'il a trouvé pour que je ne sois pas repéré. Il a raconté que j'étais un SURDOUÉ. Les surdoués sont peut-être des Terriens qui sont plus DOUX que les autres. Ce n'est pas mon cas. Par ailleurs, il m'a dit que les monstres étaient des artistes. Est-ce que, sur Brox, les artistes sont des monstres ? Je ne suis pas tranquille parmi ces Terriens si différents.

Fin de message.

# 8

## *DU BLEU POUR VÉNUS*

Frankenstein portant John, l'homme-tronc, sous son bras revient le premier, suivi de Koo-Koo caquetant avec Peter. Zip et Pip se chamaillent gentiment. L'imposante femme à barbe discute avec Hans le nain.

Monky apparaît à son tour. Il précède une jeune fille miniature. Des boucles blondes encadrent un visage fin aux yeux clairs légèrement maquillés. Elle a l'air préoccupée. Le petit rouquin lui fait la révérence.

— Salut à toi, la plus belle d'entre les belles, Vénus, la si bien-nommée !

La lilliputienne esquisse un sourire.

— Je ne savais pas que tu parlais aussi bien. Est-ce à l'école qu'on t'apprend de si jolies choses ? Puis, jetant un regard sur Monky, elle poursuit, assez fort pour qu'on l'entende : Il y en a qui pourraient prendre des leçons !

Monky s'est senti visé. Il réplique violemment :

— Je n'ai rien à dire à une évaporée !

Vénus rougit.

— Je ne fais que plaisanter, Monky !

— Plaisanter, hein ! Et le mouchoir que tu as jeté à ce spectateur !

— Pour la beauté du geste...

— La beauté du geste ! J'en ai marre de perdre mon temps avec... avec des choses comme toi !

Monky et Vénus se mesurent du regard. La lilliputienne baisse la tête.

Un silence lourd tombe dans la pièce. A cet instant, M. Traponi surgit, il souffle comme un bœuf.

— Eh bien ! je vois qu'on s'est encore disputés ! Monky et Vénus, votre vie privée ne regarde personne. Vous avez raté deux répliques tout à l'heure. Je ne veux plus que cela se reproduise...

L'homme-singe roule des yeux furibonds.

— Mais c'est elle qui...

— Silence, Monky ! Le maître ici, c'est moi ! Ne l'oublie pas !

— Oui, oui... Monsieur Traponi... Entendu,

monsieur Traponi..., fait aussitôt l'homme-singe en se courbant en deux.

— Maintenant, écoutez-moi tous, reprend le directeur en s'essuyant le front. Je vais vous présenter un nouveau. C'est le cousin de notre ami Victor Bataclan. Il est surdoué mais il a encore beaucoup à apprendre !

— Je suis là pour ça ! réplique sèchement Klix, et j'apprends vite !

Étonnée par la réplique du bonhomme autant que par sa tenue, la troupe s'est approchée.

— Il parle comme un adulte ! fait Pamela en lissant sa barbe.

— Et pourtant, il a l'air d'un bébé ! glousse Koo-Koo.

— Qu'il est mignon ! s'extasie Vénus.

— Quoi ! quoi ! font les jumelles Zip et Pip, il est pas normal ?

Des questions fusent. D'où viens-tu ? Qui es-tu ? Quel drôle d'habit tu as ! Pourquoi tu portes un casque ? Klix ne sait plus où donner du DIL. Certains veulent le toucher. Il recule. Se heurte à Monky qui le repousse. On se bouscule pour le regarder, Victor tente de contenir les curieux.

Frankenstein, qui n'avait rien dit jusque-là, écarte brusquement le groupe.

— Vous n'avez pas honte ! crie-t-il de sa bizarre voix de fausset. Vous vous conduisez comme les normaux !

— Tu as raison, approuve Vénus. Nous allons l'effrayer, ce pauvre petit !

Et elle prend la main de Klix qu'elle pose contre sa joue.

Monky lui jette un regard noir.

Le jeune spationaute semble très ému par cette caresse. Ses yeux brillent d'une lueur inhabituelle.

— Bon, dit Victor. Faut que j'aille retrouver mon père ! Je vois que mon cousin est entre de bonnes mains. Merci encore, monsieur Traponi !

— De rien, petit, de rien... Passe nous voir ce soir, j'ai une surprise pour ton petit protégé...

— Et moi, susurre Vénus avec son plus beau sourire, je vais m'occuper de lui.

Le front de Klix se couvre subitement d'une jolie couleur bleu vif, comme un ciel du Midi. La lilliputienne ne le quitte plus des yeux.

Monky retrousse sa lèvre supérieure, découvrant deux canines pointues.

MESSAGE 008. KLIX À STATION D'ÉTUDES DE BROX

Des phénomènes bizarres m'empêchent de vous transmettre clairement les résultats de ma première journée dans ce que les Terriens appellent LA VILLE. Tout ce que je peux dire, c'est qu'ils empilent des maisons les unes sur les autres alors qu'ils ont de la place partout. Je me demande si mes troubles ne proviennent pas d'une surchauffe du potentiel électro-stabilisateur ? A moins que ce ne soit un court-circuit dans la mémoire vive des micro-processeurs ? Je peux encore utiliser mon DIL mais je suis incapable de faire un rapport correct de mes dernières observations. Il me semble que je suis parasité par une Terrienne à moitié finie. Chaque fois qu'elle me regarde, je ressens des picotements, mes yeux me brûlent, ma bouche devient sèche et ma tête est envahie par des explosions d'arcs-en-ciel.

Fin de message.

# 9

## MONKY EST DE MAUVAIS POIL

Le spectacle des Freaks attire toujours une foule considérable. On se presse devant le palais des Monstres et M. Traponi se frotte les mains de satisfaction. Ce soir, on va encore jouer à guichets fermés. Il se réjouit d'autant plus qu'il a mijoté une surprise pour son public.

Victor s'est installé au premier rang. Il est curieux de voir la réaction des spectateurs quand ils découvriront Klix et son scaphandre. Il n'a donc pas hésité à accepter l'invitation de M. Traponi. Néanmoins, il est un peu inquiet. Et si son idée n'était pas bonne? Si l'on apprenait l'identité de son protégé? Sait-il de quoi est capable au juste cet extra-terrestre ? C'est vrai, après tout ! Il ne le connaît que depuis hier. Il a l'air pacifique. Mais peut-on se fier aux apparences ? Sous ses allures de chat tranquille, le tigre n'est-il pas le plus terrible des tueurs ? Le bon gros nounours tant aimé des petits n'est-il pas capable d'un seul coup de patte de vous briser la colonne vertébrale ? À l'inverse, le géant Frankenstein, qui provoque la panique des enfants quand il pénètre sur la piste, ne cache-t-il pas un cœur d'or ?

Victor Bataclan, qui connaît bien les Freaks, n'aime pas trop assister à leur exhibition. Il souffre d'entendre des remarques comme celles-ci : « Qu'ils sont laids ! » « Oh ces monstres sont véritablement répugnants ! » « Mon Dieu, pourquoi ces choses difformes existent-elles ? » « Si tu n'es pas sage, ils te mangeront tout cru ! »

Pourtant, leurs numéros sont bien réglés. Le spectacle est de qualité. Trapèze, équilibre, haute voltige, prestidigitation, le meilleur du cirque est présenté par ces êtres dont le seul défaut est de ne pas ressembler à tout le monde.

En ce moment, par exemple, c'est Vénus et Monky dans leur numéro de dressage équestre. Comme elle est belle, la petite écuyère ! Il entend même une petite fille s'exclamer derrière lui : « Oh ! on dirait une poupée ! » L'homme-singe fait claquer son fouet. Celui-là, Victor ne l'aime pas trop. Non parce qu'il a des allures de nabot, mais à cause de son caractère jaloux et méchant.

D'ailleurs, ce soir, on dirait qu'il s'en prend au malheureux cheval, comme s'il voulait provoquer la chute de la lilliputienne. Mais elle est très adroite et, après un saut périlleux éblouissant, elle déclenche des applaudissements nourris. Monky retrousse ses babines sur un sourire forcé.

C'est l'instant que choisit M. Traponi pour faire l'annonce suivante :

— Mesdames et messieurs, ne reculant devant aucun sacrifice, la direction de cet établissement est particulièrement fière de vous présenter sa nouvelle vedette internationale, j'ai nommé... KLIX, en provenance des ... ÉTOILES !

La lumière baisse. Un roulement de tambour retentit. Du haut du chapiteau, suivi par un projecteur, un petit personnage revêtu d'une combinaison aux reflets métalliques descend lentement, accroché à un filin. Victor retient son souffle. C'est bien Klix en effet. Mais pourquoi M. Traponi a-t-il dit qu'il venait des étoiles ? Le petit spationaute lui aurait-il dévoilé son secret ?

Le voici qui atteint la piste.

— Un bébé martien ! crie une voix dans la foule, provoquant un éclat de rire général.

Vénus prend la main du bonhomme. Elle le présente au public. Monky imite sa démarche. Les enfants applaudissent.

M. Traponi, avec son magnifique accent napolitain, tonitrue :

— Cet enfant venu des étoiles va vous faire ce

soir, pour la première fois au monde, une
démonstration de ses extrrrraordinaires pou-
voirs ! Qu'on envoie les chevaux !

Aussitôt, trois superbes alezans fougueux
pénètrent sur la piste. Ils foncent sur Klix,
immobile au milieu de l'arène. Ils vont l'écraser,
le piétiner, le réduire en bouillie. La foule hurle.
Victor s'apprête à hurler à son tour. Soudain, à sa
grande stupeur, il voit Klix dégainer son pisto-
laser. Des rayons jaillissent. Les chevaux, saisis

en pleine course, s'arrêtent net à un mètre à peine du petit bonhomme. Ils sont paralysés dans un galop sauvage. On les dirait tirés du ciseau d'un sculpteur génial qui aurait saisi en un éclair l'énergie dans sa plus grande pureté. L'assistance, éblouie, se déchaîne en bravos frénétiques. Klix sort sur les épaules de Frankenstein, après avoir reçu un baiser de Vénus. Victor entend un petit garçon demander à son papa :

— Comment qu'il a fait ?

— Y a un truc ! répond le père décontenancé.

Le forain abandonne le chapiteau où viennent de pénétrer Hans et Koo-Koo la femme-oiseau. Les trois chevaux sont toujours immobiles. Seules, des volutes de buée trahissent leur vie muselée.

Victor gagne rapidement les coulisses. Une scène vient d'éclater entre Monky et Vénus.

— Je t'interdis d'embrasser ce garçon ! hurle l'homme-singe.

— J'embrasse qui me plaît !

— Vénus, tu t'en repentiras !

Monky, fou de rage, lève la main sur la lilliputienne. Klix dégaine son arme. À cet instant, Victor surgit :

— NON ! crie-t-il.

Klix, à contrecœur, range son pisto-laser. Vénus se précipite vers le petit forain.

— J'en ai assez, dit-elle au bord des larmes. Monky est un tyran. Je ne veux plus le voir.

— Toi, ne te mêle pas de ça ! gronde l'homme-singe à l'adresse du garçon.

Victor est très pâle. Il garde pourtant son sang-froid pour dire :

— Monky, si tu ne laisses pas Vénus tranquille, j'appelle Frankenstein.

À ce nom, l'homme-singe pousse un grognement de dépit. Le petit forain a touché juste. Monky s'éloigne non sans prononcer cette phrase lourde de menace :

— Je n'ai pas dit mon dernier mot !

Quelques instants plus tard, le forain et ses compagnons se retrouvent dans la grande caravane. La lilliputienne est encore très émue par ce qui vient de se passer. Victor, pour la détendre, imite des chants d'oiseaux. Elle finit par sourire quand il module le chant flûté du merle de roche. Klix contemple la petite femme, bouche grande ouverte. Le forain a du mal à lui faire préciser qu'il n'a rien dit à M. Traponi, que son numéro de Martien volant n'est qu'une coïncidence. Sans doute le directeur s'est-il laissé influencer par le vêtement du petit spationaute. Quant au « coup » du pisto-laser, le brave Napolitain s'interroge. Quel est donc le pouvoir de cette arme étrange ? *S'il savait !* pense le petit rouquin.

Vénus, tout en racontant les tracasseries que lui inflige Monky, propose une collation.

— Les émotions, ça creuse ! dit-elle. Elle tend un sandwich au jambon à Klix : Tiens, mon bébé !

Le jeune spationaute sursaute comme s'il sortait d'un rêve.

— Je ne suis pas un bébé! glapit-il. Et je ne mange pas de cadavre!

Du revers de la main, il envoie le sandwich à l'autre bout de la caravane.

— Mais..., bredouille la petite femme, pourquoi es-tu méchant? Il n'est pas empoisonné, mon jambon!

Victor explique à la lilliputienne la particularité alimentaire de son « cousin ». Pour se faire pardonner, elle offre à Klix une juteuse grappe de raisin.

Il prend la grappe et la contemple d'un air perplexe. Vénus s'étonne. Le forain se lance dans une explication embrouillée. Son « cousin » vient d'un pays nordique... Il n'a jamais vu de raisin. Il se dit que, peut-être, il devrait mettre la petite femme dans la confidence.

Celle-ci sourit. Puis elle montre à Klix comment on détache une à une les petites billes dorées pour les porter à sa bouche et les faire éclater entre ses dents. Le bonhomme semble sidéré par le mouvement des lèvres de Vénus, leur éclat humide. Une drôle de couleur bleue envahit son front. Une couleur qui traduit un sentiment qu'il n'a jamais éprouvé.

Malgré la démonstration de la petite femme, il se révèle incapable de reproduire ses gestes simples.

— Veux-tu que je te donne la becquée ? plaisante Vénus.

Klix tend sa tête vers elle comme s'il avait compris. Elle s'amuse alors à introduire les grains un à un, par la trappe étroite qui donne sur sa bouche. Il les avale si vite qu'il s'étrangle à moitié.

— Hé ! doucement, dit-elle en riant, prends le temps de savourer.

En un clin d'œil, Klix a englouti la grappe de raisin. Il reste en attente, les yeux fixés sur le visage de Vénus.

— C'est fini ! De toute façon, il faut qu'on retourne en piste pour la parade finale.

Elle dépose un baiser rapide sur le casque du petit spationaute puis le prend par la main. Mais il refuse de se laisser entraîner. Il retient la petite femme en bredouillant :

— Raison... veux raison...

— Oui... tu as raison, fait Vénus pour ne pas le contrarier. Mais le public nous attend.

— Raison, je veux manger raison..., répète obstinément l'extra-terrestre.

Il porte la main de Vénus à hauteur de son visage et la regarde comme s'il s'agissait d'un bijou précieux.

On entend l'attaque musicale de la parade. Vénus réussit à se dégager.

— Allons... sois raisonnable ! Sinon Monky va nous assommer tous les deux...

Et elle parvient enfin à entraîner le petit bonhomme dont le front est complètement recouvert d'une très jolie couleur bleue, bleu comme un ciel d'été.

## MESSAGE 009. KLIX À STATION D'ÉTUDES DE BROX

J'abrrr... de... xxxxxzzztwwwww... graffff... gnwx houqidn... kidunqyqn... a bou a bou abou du bada bl bl bl bl blb lll... je ne sais plus... crac... boum... ada da dada... bloute bloute... tout ble tout ble tout bleu... leu... macahoudou... eh! oui... ben voilà... c'est-à-dire que... enfin... à part ça... ça va? et vous? ça va? ben si ça va... ça va... cloc... mardaflore... ... youyouyouyouyou... tout bl... tout ble... tout bleuuuuuuuu...

Fn fni fi nif fin de mes...saaaaa...geuh!

# 10

## DISPARITION

Un petit matin frais et brumeux se lève sur les caravanes. On voit à peine le contour des manèges qui dessinent des figures de monstres géants tapis dans la pénombre laiteuse. Des chiens errants fouillent les poubelles. Des sautes de vent font battre la toile des chapiteaux.

Soudain, trouant la nappe cotonneuse, une silhouette imposante surgit. C'est un homme de grande taille. Il marche vite. Il souffle bruyamment. Il se précipite vers la petite caravane des Bataclan. Son poing énorme ébranle la porte, faisant hurler les chiens.

Victor, réveillé en sursaut, pousse un cri.
M. Bataclan grommelle :

— Qui est là ?

— Frankenstein ! Ouvrez-moi... Vite !

L'instant d'après, l'homme à la balafre, plié en
deux sous le plafond bas, le visage bouleversé, ce
qui accentue sa laideur, débite un discours heurté
dans lequel Victor et son père essaient de démêler
l'essentiel.

— C'est Vénus... enfin, c'est pas elle... mais
c'est elle qui m'envoie... parce qu'elle est déses-
pérée... Monky... enfin on ne sait pas si c'est
Monky mais on pense que c'est lui parce qu'on ne
voit pas qui d'autre... alors, voilà, elle a entendu
quelqu'un crier dans la caravane où dormait ton
cousin, enfin votre neveu... et voilà...

— Voilà quoi ? s'écrie Victor, brutalement
saisi par l'angoisse.

— Klix a disparu !

À ces mots, Victor bondit. Il entraîne ses deux
compagnons et, sans reprendre leur respiration,
ils gagnent le palais des Monstres.

La lilliputienne les reçoit, le visage noyé de
larmes. La porte de la caravane est ouverte. On
dirait qu'elle a été forcée. Elle claque au vent. Sur
le petit lit encore en désordre, Victor découvre
avec stupeur le casque, le DIL et le pisto-laser.
Une sueur froide envahit sa nuque.

— Mais c'est épouvantable ! Klix ne peut plus
se défendre. Il est peut-être mort étouffé...

Vénus redouble de sanglots. Frankenstein tente en vain de la calmer. M. Bataclan est allé réveiller Traponi.

Celui-ci examine les lieux sans comprendre.

— Il y a des traces de lutte... Regardez ce drap déchiré.

— J'ai entendu un cri, répète Vénus. Je suis certaine que c'était celui du bébé. J'ai accouru et j'ai trouvé ça...

M. Bataclan s'exclame :

— C'est un enlèvement ! Il n'y a pas d'autre explication !

— Un enlèvement ? Mais par qui ? Pourquoi ?

M. Traponi n'en revient pas.

— Il faut prévenir la police !

— Inutile !

La voix qui vient de prononcer ce mot est grinçante. C'est celle de Monky. Il pénètre dans la caravane, chaloupant sur ses jambes torses.

Vénus le désigne du doigt en hurlant :

— C'est toi, c'est toi qui l'as kidnappé ! Jaloux !

L'homme-singe regarde Vénus droit dans les yeux.

— Je n'ai pas enlevé ton bébé chéri, ma belle, pour la bonne raison qu'il est parti tout seul, comme un grand. J'ai même voulu le retenir, tiens, vois ce qu'il m'a fait...

Il montre son bras poilu où brille une estafilade sanguinolente.

Victor éclate.

— Tu n'es qu'un fieffé menteur! Pourquoi Klix serait-il parti? Il ne connaît pas cet endroit. Il ne peut se déplacer sans son casque. Tu l'as tué! Assassin!

Il se jette sur Monky qui, sous le choc, roule à terre. Le garçon, déchaîné, lui arrache une poignée de poils et il lui aurait crevé les yeux si Frankenstein n'était intervenu.

M. Traponi aide son régisseur à se relever.

— Qu'as-tu à répondre, Monky? Si ce que dit ce garçon se vérifie, je te livre immédiatement à la police!

Monky s'essuie le visage, le regard noir.

— Je vous jure que je dis la vérité. C'est vrai, au début, je voulais lui flanquer une correction, à ce morveux! C'est alors que son casque a roulé à terre. Il a eu une drôle de réaction. Sa bouche s'ouvrait et se fermait comme celle d'une carpe. Puis il s'est écrié: « Mais je respire normalement! » Et il a éclaté de rire... Oui, je vous jure, il a éclaté de rire. Puis il m'a dit: « Je vais pouvoir être un bébé normal! » Je n'ai pas compris... Et il m'a demandé: « Où ils sont les bébés normaux? » J'ai cru qu'il se fichait de moi.

Monky se tait brusquement.

On le presse de donner des précisions. Par où est parti Klix? Depuis quand? Pourquoi ne l'a-t-il pas retenu? Il s'y refuse obstinément. Il dit même: « J'espère qu'il ne reviendra pas...

Comme ça, Vénus pourra de nouveau s'occuper de moi. »

La lilliputienne jette un regard foudroyant à l'homme-singe et proclame :

— Ça, jamais !

Le groupe des Freaks, alertés par le remue-ménage, a investi la caravane. Ils ont l'air consternés par l'événement. L'homme-squelette se propose de fouiller le quartier. Koo-Koo, la femme-oiseau, veut aller interroger les éventuels passants. Les sœurs siamoises sont prêtes à rédiger un avis de recherche qu'elles iront afficher chez les commerçants de la ville. Pamela, la femme à barbe, suggère de faire une annonce au public lors de la prochaine représentation.

M. Traponi, bien que bouleversé par cette

généreuse unanimité, ramène tout son monde à la raison :

— Voyons ! Soyez réalistes ! Personne ne vous écoutera, vous le savez bien ! En quittant ce lieu, vous redevenez dangereux, inquiétants. On vous tolère parce que vous êtes dans un cirque, sous des projecteurs. Si vous vous mêlez aux normaux, on vous fuira, on vous tourmentera, on vous chassera !

— M. Traponi parle juste ! dit Frankenstein en serrant ses gros poings. N'oublions pas qui nous sommes.

Un profond malaise étreint l'assistance. Vénus est très pâle. Elle cherche des yeux l'homme-singe. Il a disparu.

— C'est Monky qu'il faut retrouver maintenant ! s'exclame-t-elle.

Les Freaks se secouent. Dans leurs yeux luisent des éclats de colère. Mais Victor intervient.

— Je m'en occupe... Ça servira à rien de poursuivre Monky. Je vais prévenir Sylva. Ensemble, on retrouvera mon cousin. Sylva est un forestier, il a l'habitude de traquer le gibier. Il n'aura pas grand-peine à suivre la piste d'un bébé évadé.

Cette remarque fait sourire l'assistance.

Avant de se retirer avec son père, il prend Vénus à part et lui révèle la véritable identité de son « cousin ». Il avait déjà pensé le faire. Maintenant, cela lui paraît indispensable.

La lilliputienne, le moment de stupeur passé, dit d'une voix rêveuse :

— Un enfant des étoiles ! M. Traponi avait vu juste sans le savoir. Comme c'est beau ! J'ai toujours aimé les étoiles. Et si je comprends bien, il a dix ans et moi... j'en ai à peine quinze... Amusant, non ?

Victor sourit à son tour. C'est vrai qu'ils ont la même taille tous les deux. Et le petit spationaute a paru si bouleversé en rencontrant Vénus ! Est-ce que le coup de foudre existe sur sa planète ?

Le rouquin revient à la réalité et d'une voix grave il dit à la lilliputienne :

— Je te jure que je vais le retrouver, ton amoureux !

Vénus rougit. Il ajoute :

— Je n'ai pas trop confiance dans le baratin de Monky. Il a sûrement dit des choses justes, mais c'était tellement embrouillé...

De retour au manège des Bataclan, Victor délivre ses pigeons, non sans les avoir chargés d'un message bref mais impératif :

« Sylva, nous t'attendons d'urgence à la cara-vane. On a un gros problème avec notre invité. Signé Victor. »

## MESSAGE 010. KLIX À STATION D'ÉTUDES DE BROX

J'enregistre ce message en ne sachant pas s'il vous parviendra. On m'a volé mon DIL et mon pisto-laser. Heureusement, j'ai réussi à emporter le téléscripteur. J'ai aussi perdu mon casque. Étonnant, l'air de la Terre a la même composition que celui de Brox.

J'ai eu une conversation difficile avec un des Terriens non finis. Celui qui a des poils partout. Il a voulu me mordre. Je me suis défendu. Puis il m'a dit qu'il agissait par jalousie. La jalousie est une sorte de petite bête qui grignote le cœur et qui rend méchant. Il y a même des Terriens qui se tuent à cause d'elle. Je l'ai échappé belle parce que le Terrien-à-poils-partout m'a reproché de lui avoir volé le cœur de la petite Terrienne nommée Vénus. Je ne comprends pas ce qu'il a voulu dire.

En tout cas, il m'a emmené de force dans un drôle d'endroit qui sent très mauvais. Je veux revenir avec la petite Terrienne et retrouver ma jolie couleur bleue.

                                        Fin de message.

# 11

## DÉDÉ-LA-FRITE A UNE SURPRISE

Dédé-la-Frite était très occupé à fouiller les ordures, en cette fin de matinée, lorsqu'il entendit un cri. C'était comme un couinement de souris mais avec un accent humain. *Tiens!* se dit Dédé-la-Frite, *faudra que je diminue ma ration de gros rouge, voilà que j'ai des hallucinations!*

Il continua donc à retourner les monceaux d'épluchures et de sacs poubelles éventrés. Il poussa une exclamation de joie en découvrant une boîte de cassoulet à peine entamée. Il glissa vite son trésor dans un grand sac à pommes de terre qu'il utilisait pour sa récolte journalière. En effet, Dédé-la-Frite, clochard de son état, gagnait sa pitance et ses litrons de rouge quotidiens en récupérant, dans la décharge publique, les papiers et les métaux.

Il avait à peine enfoui la boîte de cassoulet dans sa besace qu'il entendit de nouveau un couinement.

*Pas possible, y a quèque chose de l'aut' côté de ce tas !* se dit Dédé et il escalada la colline de détritus pour en avoir le cœur net.

Son cœur, justement, faillit bien s'arrêter net quand Dédé découvrit, coincé entre un sac poubelle et un vieux réfrigérateur, un bébé gesticulant, braillant, bavant et... nu comme un ver !

— Ça, par exemple ! Ben ça, par exemple ! se mit à bredouiller le clochard. Qu'est-ce que c'est qu' c' truc-là ?

En l'apercevant, le bébé tenta de se lever. Du coup, il laissa échapper une boîte métallique à touches fluorescentes qu'il serrait dans sa main. Il s'accrocha au réfrigérateur qui bascula, l'entraînant en une chute vertigineuse au bas d'un cratère où finissaient de se consumer des tonnes de plastique noirâtre et des restes de nourriture innommables.

N'écoutant que sa générosité, Dédé se laissa glisser à son tour dans le trou fatal. Il attrapa le bébé gesticulant dont les fesses s'ornaient déjà de brûlures circonflexes. En deux temps, trois mouvements, il le sortit du tas d'ordures et l'emmena au bord d'une mare dans laquelle il le plongea pour atténuer les morsures du feu. Cette fois, le bonhomme s'étrangla à moitié, recracha de l'eau et un têtard puis, devant Dédé ébahi, se mit à balancer une série de cris, d'onomatopées, de grincements et de couinements parfaitement incompréhensibles. De plus, son visage s'était teinté d'un rouge vif qui fit dire à Dédé :

— Bah ! v'là qui va éclater maint'nant !

Le clochard prit Klix dans ses bras pour le calmer. Il reçut une gifle magistrale qui le fit tomber sur le derrière. Dédé-la-Frite est patient mais il ne faut pas abuser de sa bonne volonté.

À la vue du bébé, debout, les bras croisés, vociférant de plus belle, il prit une décision immédiate et sage. D'un coup de poing à la base du menton, il balança l'excité dans le royaume des songes. En un dixième de seconde, le bébé devint une poupée toute molle qu'il put enfin charger sur ses épaules.

— Bon, va falloir que j'. l'emmène aux flics, c't' olibrius ! J'espère qu'il se réveillera pas en route, le bougre !

La vieille Mercedes crache toute son huile sur la route étroite. Au volant, Sylva. Près de lui, Victor, coincé contre Frankenstein qui le regarde avec un sourire édenté et attendri. Derrière, seule parce qu'elle maintient la grande cage des pigeons, Vénus qui marmonne :

— Pourvu qu'on arrive à temps ! Je ne veux pas le perdre, mon bébé, surtout si ce n'est pas un bébé...

Frankenstein se retourne pour l'apaiser.

— Oui, Vénus, tu le reverras, ton chéri. Et je te garantis que Monky ne t'ennuiera plus !

Victor pose la main sur le bras du colosse. Il sent rouler sous ses doigts ses muscles impressionnants.

— Merci ! dit le rouquin, vaguement ému.

Frankenstein dodeline de la tête.

— Il n'y a pas à dire merci... Nous les monstres, on est pas du bétail, c'est tout... J'ai été trop patient avec ce maudit poilu !

Sylva a un rire bref.

— Tu as raison, il ne faut pas faire confiance aux poilus. C'est à droite ou à gauche ?

Ils sont arrivés à un carrefour.

— À droite ! dit Victor. Dis donc, t'es sûr que les bennes à ordures n'ont pas commencé à décharger ?

— Il est encore trop tôt... elles ont à peine entamé leur parcours, fait posément Sylva. Heureusement que j'ai fait vite !

Le petit rouquin frémit en pensant à Klix enfoui, écrasé dans une avalanche d'ordures vomies par les camions-bennes.

Heureusement, en effet, que Sylva a répondu

sur-le-champ à l'appel de Victor. En une demi-
heure, il était à la caravane. Un quart d'heure
après, il découvrait les traces de Monky sur le
chemin conduisant à la décharge municipale. Des
poils noirs et drus accrochés aux branches basses
confirmaient cette piste. *Le coup d'œil du chasseur,* pensa Victor qui ne put s'empêcher de se
dire que l'homme-singe avait raté son coup de
bluff en revenant à la caravane pour donner le
change. Mais pourquoi avait-il de nouveau
disparu ?

— Il n'y a pas de doute, s'était exclamé Sylva
comme s'il répondait à l'interrogation muette de
Victor, Klix est avec Monky.

Et il avait montré un lambeau de tissu pendant
à un buisson dont la couleur métallique rappelait
sans confusion possible la combinaison du petit
spationaute.

Le chemin se double d'une petite route à peine
carrossable empruntée deux fois par jour par les
camions municipaux.

Ils avaient alors sauté dans la Mercedes pour
gagner du temps.

Soudain, Sylva donne un violent coup de frein.

Il saute du véhicule. Les passagers, secoués, le
voient courir vers le fossé puis revenir, tenant un
vêtement qu'il brandit comme un gibier.

— Qu'est-ce que je disais ? La combinaison de
Klix ! Et entière, cette fois !

Vénus s'en empare avidement. Ses yeux se

remplissent de larmes. Le petit forain veut reprendre le vêtement.

— Non, laisse-le-moi... Il a son odeur !

Pourtant, elle consent à la laisser fouiller par Victor.

— Elle est vide ! Il a peut-être gardé son téléscripteur... à moins que le macaque le lui ait piqué !

Ils redémarrent sur les chapeaux de roue. La vieille voiture craque de toutes parts. Sylva grommelle :

— Quel sale type ce singe ! Il a même désha-billé le pauvre petit !

Quelques minutes plus tard, ils ont atteint la colline fumante des ordures. Sans se préoccuper des odeurs nauséabondes, ils s'éparpillent pour explorer l'endroit.

Un cri retentit.

C'est Vénus. Elle secoue une petite boîte métallique.

— C'est son téléscripteur ! dit Victor.

Un profond découragement le saisit.

— Eh bien, c'est mal barré... Maintenant Klix est triplement à poil !

— Qu'est-ce que tu veux dire ? s'alarme Vénus.

— Il est nu, il ne peut plus parler et il ne peut plus communiquer avec sa base...

Dédé-la-Frite est bien content. Il n'a pas eu à faire les trois kilomètres qui séparent la décharge municipale de la ville pour rendre son paquet encombrant à la gendarmerie. Il a rencontré la fourgonnette bleu marine qui faisait sa ronde.

Les deux gendarmes de service, bons pères de famille tranquilles, n'en reviennent pas. Klix vient juste de se réveiller. Il vocifère de tous ses poumons et frappe comme un catcheur. Après avoir ramassé trois fois leurs képis et échappé de justesse aux coups de poing et aux dents menaçantes de l'énergumène, ils finissent par l'enfouir dans le sac du clochard. Celui-ci a beau réclamer sa boîte de cassoulet (à peine entamée !), les gendarmes ne veulent rien savoir. Non ! ils ne rouvriront pas le sac ! Ils embarquent Dédé-la-Frite pour recueillir son témoignage.

La fourgonnette démarre, sirène hurlante, girophare allumé.

Frankenstein, grimpé au sommet de la colline d'ordures, fait de grands gestes à ses compagnons. De sa curieuse voix aiguë, il crie :

— J'aperçois la voiture de la gendarmerie. Elle

se dirige vers la ville. Elle vient juste de quitter le chemin des poubelles.

— Si ça se trouve, s'exclame Victor, Klix est avec eux ! Vite, en route !

# 12

*DES BÉBÉS PARTOUT*

Quand Klix se réveille, une étrange sensation l'envahit. Il a l'impression d'être transformé en boule de coton. Tous ses mouvements sont ralentis. Ses paupières pèsent des tonnes. Il réussit cependant à tourner la tête et ce qu'il voit le plonge dans la plus grande perplexité, faisant virer son front au jaune le plus pur.

Il se trouve dans une salle toute blanche où s'alignent une dizaine de lits minuscules. Des petits êtres, la plupart sans cheveux, y sont allongés. Certains agitent bras et jambes en tous sens en poussant des cris bizarres.

Dans l'allée, circulent des femmes vêtues de blanc qui se penchent parfois sur un lit pour donner au petit être un morceau de caoutchouc dont il s'empare avec avidité. Klix, peu à peu, se rend compte qu'il est habillé de la même façon que ses voisins. Près de son lit, sur une tablette, il aperçoit une petite bouteille remplie d'un liquide blanc et surmontée d'un cône en matière élastique. Comme il se met à remuer, une des femmes s'approche de lui et il l'entend dire :

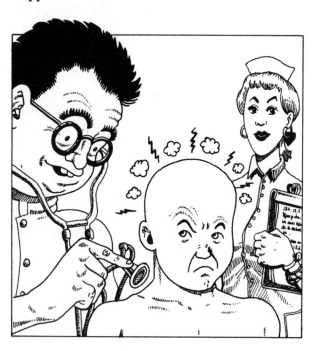

— Alors, mon bébé, ça va mieux ? Tu t'es enfin calmé ?

Au mot « bébé », que Klix reconnaît, même sans son DIL, il a un brusque sursaut. La femme en blanc le repousse au fond du lit en s'exclamant :

— Ah ! non ! si tu recommences, je vais te redonner du calmant !

Puis, devant l'agitation croissante du jeune spationaute, elle appuie sur une sonnette. Aussitôt, un homme en blouse blanche suivi de deux autres femmes pareillement vêtues font leur apparition.

— Docteur ! dit la première femme, j'ai l'impression qu'il s'énerve de nouveau !

Celui qu'elle a appelé « docteur » est un gros homme courtaud au nez chaussé de lunettes à verres épais. Il introduit un instrument dans ses oreilles, relié à un tuyau souple dont il applique le bout en forme de pastille sur la poitrine de Klix.

D'un coup sec, le jeune spationaute arrache le tuyau et fait voler les lunettes à travers la salle. Puis il se redresse sur son lit en braillant. Il s'apprête à passer par-dessus bord quand il est retenu par les femmes.

Le médecin, devenu myope comme une taupe, glapit : « Mes lunettes ! Mes lunettes ! » et il se jette à quatre pattes pour les récupérer sous un lit.

Klix sent qu'on force sa bouche pour lui

introduire un liquide de saveur assez amère. Quelques secondes plus tard, il retrouve la sensation de la « boule de coton » et ses yeux se ferment.

Le médecin, qui a enfin récupéré ses lunettes dont une branche s'est cassée en deux, dit aux femmes en blanc :

— Je vous avais recommandé de le tenir ! Puis il ajoute : Il y a quelque chose d'étonnant et même d'anormal chez ce bébé. Il a la force d'un adulte. Il est musclé comme un adulte. Pourtant ce n'est pas un nain. Par ailleurs, il a un curieux langage pour un bébé. Il essaie de remettre ses lunettes, fait une grimace et murmure : À moins qu'on ne se trouve en présence d'un jeune enfant surdoué... ou d'un... mutant !

— Mais qu'est-ce qu'on va faire, docteur, quand il se réveillera de nouveau ? On ne peut tout de même pas l'abrutir de somnifères ! s'inquiète une femme en blanc.

— Vous avez raison, dit le docteur d'un air songeur. Alors, attachez-le à son lit ! Quant à moi, je vais prévenir le professeur Froepel.

— Le spécialiste des surdoués ?

— Oui... mais en attendant, pas un mot à la presse !

Les femmes ont un mouvement de gêne.

— Quoi ! vous n'allez pas me dire...

— Ce n'est pas nous, dit une femme très vite, c'est ce clochard. Il était tellement content de sa trouvaille qu'il a rameuté toute la ville. Je crois bien que la télé l'a déjà invité et que les photographes ne vont pas tarder.

Le médecin réfléchit un court instant en tentant une nouvelle fois de remettre en place ses lunettes cabossées.

— Bon, dans ce cas, vous appliquerez les consignes de mise en quarantaine. Cet enfant a subi un choc. Les mesures de prophylaxie doivent être draconiennes !

— Entendu, docteur, c'est ce que nous dirons aux journalistes...

Pendant ce temps, une autre femme s'applique à attacher les bras et les jambes de Klix aux barreaux du lit. Elle se dit : « *Ça me rappelle mon petit Gérard quand il a eu la varicelle. On a été obligé de l'attacher comme ça pour l'empêcher de se gratter. Pauvre chou ! Il a pourtant l'air si mignon !* » Et elle dépose un tendre baiser sur le front du jeune spationaute. Aussitôt, elle recule, stupéfaite. Le visage de Klix s'est teinté de bleu vif et un large sourire découvre ses dents pendant que ses lèvres s'entrouvrent comme si elles réclamaient un autre baiser.

# 13

*UN LIT S'ÉVADE*

La Mercedes a suivi la fourgonnette des gendarmes à distance respectueuse.

— C'est le monde à l'envers ! remarque Victor. Des flics qui se font suivre !

Puis ils se sont arrêtés non loin d'un bâtiment blanc dans lequel ont pénétré les gendarmes portant un sac à pommes de terre... très agité.

— Vous croyez qu'ils l'ont mis là-dedans ? s'inquiète Vénus.

— Si c'est des patates, c'est des patates à ressort, fait Victor en attirant l'attention de la lilliputienne sur les mouvements désordonnés du sac.

— Il va étouffer, le pauvre petit ! fait celle-ci.

Quelques instants plus tard, les gendarmes sont ressortis avec le sac à pommes de terre... vide.

— Je vois, commente Sylva, ce doit être une crèche ou une pouponnière.

— Bien sûr ! ironise Victor, c'est pas une maison de retraite !

— En tout cas, il faut être prudent, ajoute le forestier. Même si c'est facile d'y pénétrer, il ne s'agit pas de se faire repérer.

— Tu veux que j'y aille ? Moi, on me connaît pas ! propose Frankenstein en faisant craquer ses poings énormes.

— Euh ! réfléchissons d'abord, intervient Victor. Te vexe pas, Frankie, mais tu me parais pas particulièrement... comment dire... euh... discret !

Le colosse sourit à Victor.

— OK, je comprends. Et merci de m'appeler Frankie. Y avait longtemps.

— Chut ! l'interrompt Sylva brusquement. Voilà une femme qui sort de la crèche. Si ça se trouve, c'est une puéricultrice. J'ai une idée !

Mademoiselle Champrun est une garde d'enfants très appréciée. Elle est patiente, douce et compétente. Elle n'a qu'un petit défaut. Elle est bavarde comme une pie. Aussi, quand Sylva l'aborde en se faisant passer pour un journaliste, elle oublie aussitôt les consignes du médecin pour se lancer dans des confidences détaillées.

— Le pauvre gamin ! On l'a ramené dans un sac à patates. Si vous aviez vu dans quel état il était ! Couvert de cassoulet de la tête aux pieds !

— Du cassoulet ? s'étonne Sylva en faisant semblant de noter le témoignage de Mlle Champrun sur un bout de papier.

— Oui, monsieur le journaliste. Le clochard qui l'a ramené avait oublié une boîte de cassoulet ouverte dans le sac. Heureusement qu'il ne s'est pas blessé, ce pauvre petit chou ! Bref, on l'a lavé complètement et ça n'a pas été facile. C'est qu'il est fort comme un Turc, ce mignon ! Il a même failli me mordre. Mais on lui a donné un calmant et maintenant il dort comme un ange.

— Où est-il ?

— Dans la salle 22. C'est la pouponnière. Mais il est interdit de le voir, se rattrape la jeune femme en se rappelant soudain les recommandations du docteur.

— Ah ? Et pourquoi ?

— Les microbes ! Vous comprenez ? Avec toutes ces ordures, il a dû attraper des choses pas propres. Alors il faut le surveiller. Dites, ça paraîtra quand votre article ? Vous donnerez mon nom ? C'est pour ma famille. Ils seraient contents que je sois dans le journal.

Mademoiselle Champrun babille encore quand Sylva a déjà tourné les talons.

Il rejoint la Mercedes et avec un grand sourire, il annonce ce qu'il a appris.

— Nous attendrons la tombée de la nuit. Ce sera plus prudent. Il y aura moins de monde...

Vénus a un mouvement de déception. Mais elle se range finalement au sage avis du forestier. Sylva a l'habitude des longues chasses à l'affût. Sa patience devient alors sans limites. Il s'installe donc tranquillement sur son siège et se fait aussi immobile qu'une souche. Victor, lui, décide d'aérer ses deux pigeons qui tournent en rond dans leur cage. Il sort de la voiture et va lâcher ses compagnons ailés dans un square tout proche. Les pigeons manifestent leur joie en accomplissant dans le ciel orangé des cercles vertigineux.

Puis le petit forain aperçoit un nid de pies haut perché au sommet d'un cèdre.

Aussitôt, sa curiosité s'éveille. Le nid est-il encore habité ? Ou un coucou l'a-t-il squatté ? Le mieux, c'est d'y aller voir. D'ici la nuit, il a encore un petit moment pour faire le grimper-retour.

Il évalue les difficultés de l'escalade, jauge du regard la solidité des branches, leur écartement, et s'apprête à tenter l'ascension quand des bruits de moteur, un brouhaha, des piétinements le détournent de son projet. Il siffle ses deux pigeons voyageurs, qui fondent sur lui comme des flèches argentées et viennent se poser à

grands froissements d'ailes de part et d'autre de
ses épaules.

Victor retrouve la voiture pour constater que
l'entrée de la crèche est envahie par une nuée de
photographes excités et de journalistes bavards.

La porte de l'établissement s'entrouvre à
peine. Une tête apparaît. C'est celle du gros
docteur aux lunettes rafistolées avec du scotch.
Les flashes crépitent. On se bouscule pour bran-
dir des micros. Un cameraman tente de se frayer
un chemin à coups d'épaules.

Mais la porte se referme presque aussitôt après
que le docteur a dit une phrase ou deux. L'éner-
vement monte dans le groupe des journalistes.
L'un d'eux essaie même d'escalader une fenêtre.

Dans la Mercedes, c'est la consternation.

— Si ces excités restent là, ils vont tout faire
rater ! grommelle Sylva sur le ton du chasseur qui
surprend des pique-niqueurs à la traque d'un
sanglier.

Vénus se retourne vers Frankenstein avec un
regard implorant.

Victor, qui a compris que le géant bout
d'intervenir, lance soudain :

— Suivez-moi, on va les calmer... sans vio-
lence !

Et il se saisit du pisto-laser récupéré dans la
caravane.

Tout se déroule alors très vite.

Sylva, le géant et le petit rouquin jaillissent de

la voiture. Vénus s'installe au volant, debout sur
le siège, après avoir mis le moteur en route.

Le groupe de journalistes n'a pas le temps de se
retourner. Les décharges du pisto-laser les trans-
forment instantanément en statues de musée.
Celui qui grimpait à la fenêtre reste figé dans son
mouvement, comme un alpiniste frappé par la
foudre. Frankenstein, en trois coups de poing,
fait sauter la porte d'entrée. Une par une, les
femmes accourues sont arrêtées net dans leur

élan. Le docteur qui, par de grands gestes des bras, tentait de chasser les intrus, se retrouve métamorphosé en moulin à vent… sans vent ! Les trois amis se précipitent au deuxième étage. Frankenstein s'apprête à défoncer la porte mais Victor l'ouvre sans effort. Elle n'était pas fermée à clé. Le lit de Klix est vite repéré. Sylva essaie de prendre le bonhomme dans ses bras mais il est retenu par des liens aux barreaux du lit. Pas le temps de défaire les nœuds. Le géant charge alors le lit sur son dos comme un paquet de plumes. Les bébés réveillés entament une cacophonie de vagissements dignes d'un concert de hard-rock.

A toute allure, le trio dégringole les marches de la crèche et, se glissant au milieu des femmes figées comme les personnages de La Belle au Bois Dormant, ils sortent en trombe. Quelques passants effarés voient passer un lit porté par un monstre rigolard.

— Tu crois que c'est un hold-up ? dit l'un d'eux.

— Mais non, fait un gamin, ils tournent un film d'épouvante… Y a une caméra…

Le lit est casé dans le coffre de la Mercedes. Il dépasse un peu mais Victor grimpe à côté pour le maintenir. Sylva et Frankenstein s'engouffrent dans la voiture qui démarre dans un crissement de pneus stridents, ce qui fait dire à un autre gamin :

— C'est pas un film d'épouvante, c'est un polar !

En quelques secondes, la Mercedes a disparu au carrefour.

Toto et Coco, secoués dans leur cage comme une salade dans son panier, roucoulent si bizarrement qu'on croirait bien qu'ils lancent des injures.

## MESSAGE 011. KLIX À STATION D'ÉTUDES DE BROX

J'ai enfin récupéré mes instruments. Grâce à mes amis Terriens, j'ai réussi à m'échapper d'un lieu étrange. Sylva m'a raconté qu'il s'agit d'un endroit où on ÉLÈVE les petits Terriens. Ce qui m'a surpris. En effet, pour s'élever, ils sont tous couchés dans des lits ressemblant à des cages, sûrement pour qu'ils ne s'évadent pas. Ils braillent souvent et s'agitent sans arrêt. J'ai pu remarquer aussi qu'ils sont tous habillés pareil mais qu'ils s'amusent à salir leurs vêtements avec un liquide et une matière qui sentent fort mauvais. Victor m'a dit qu'on leur mettait des couches. Des couches de quoi ? Je ne sais pas. Peut-être des couches pour rester couchés. Enfin, ces petits Terriens ont la manie bizarre de sucer tout ce qui leur tombe sous la bouche : bouteilles de lait, morceaux de caoutchouc, les doigts de leurs mains et même les doigts de leurs pieds. Mon voisin suçait les barreaux de son lit. J'en ai vu un qui s'est attaqué à la mamelle d'une femme mais il n'a pas réussi à l'avaler.

Je ne sais pas ce qu'on voulait me faire dans ce drôle d'endroit mais je n'étais pas très tranquille. Ça m'a rappelé quand on m'a démonté la tête en trente-deux morceaux. J'ai eu peur qu'ils en fassent autant.

Enfin, j'ai retrouvé avec joie la petite Terrienne nommée Vénus. Chaque fois qu'elle me regarde, j'ai des courts-circuits dans mon cœur.

Fin de message.

# 14

## PROGRAMME TRANSDIMENSIONS

$V$ictor n'est qu'à moitié étonné de retrouver
M. Chevalet chez son père. M. Chevalet s'inquié-
tait de l'absence du petit forain. Il aime bien
« suivre ses élèves » comme il dit. Il écoute donc
attentivement le récit des mésaventures du
fameux « cousin » puis il hoche la tête d'un air
entendu pour remarquer :

— C'est un oiseau migrateur, ce petit bonhomme.

Victor rougit. Il a horreur de mentir. De plus,
il sait qu'il est très difficile de mentir à son
maître. Il est sur le point de raconter la vérité sur
Klix quand M. Bataclan intervient :

— J'ai aperçu Monky en train de rôder autour du camion. J'ai voulu le chasser mais il m'a insulté. Je ne sais pas ce qu'il a découvert mais je suis inquiet pour la soucoupe.

M. Chevalet sourit à ce mot. Frankenstein serre les poings. Klix, blotti contre Vénus, sursaute.

— Ce Terrien me fait peur. Il faut partir, dit-il.

— C'est ce que j'allais proposer, fait Sylva. Mais il y a encore beaucoup de monde sur l'esplanade. On pourra difficilement sortir l'engin sans se faire remarquer. Surtout après ce qui s'est passé à la maternité...

M. Bataclan, qui surveille son manège depuis la porte entrouverte de la caravane, approuve cette constatation d'un hochement de tête.

— Il n'y a plus qu'un moyen ! s'exclame tout à coup Klix. L'opération TRANSDIMENSIONS.

Le groupe, à l'étroit dans la petite caravane, regarde le petit bonhomme avec stupeur. Celui-ci s'apprête à sortir. Une farouche détermination se lit sur son visage. On s'écarte bon gré mal gré, quand Vénus s'écrie :

— Ce n'est pas dangereux, au moins ?

Klix s'arrête, hésitant visiblement à franchir la porte.

— Je ne l'ai jamais fait mais je connais les formules.

Vénus lui saisit la main.

— Alors je ne veux pas que tu risques ta vie.
J'ai besoin de toi.

Klix ne quitte pas des yeux la petite femme.
Son front a viré au bleu. M. Chevalet ne perd pas
une miette de cette scène étonnante.

Venant du dehors et trouant le brouhaha de la
foule, une sirène se fait entendre.

— Les flics ! s'écrie Victor. Il ne manquait
plus qu'eux !

— Allons-y, enchaîne Sylva. La Mercedes est
encore chaude. Je vous emmène à la clairière !

— Je ne peux pas laisser mon vaisseau ! pro-
teste Klix. Puis, devant le regard éploré de
Vénus, il ajoute : Je vais effectuer l'opération sur
lui, uniquement... Attendez-moi, je vous rejoins
dans la Mercedes.

La lilliputienne soupire de soulagement.

En quelques secondes, la caravane se vide.

Sylva, Frankenstein, Vénus et Victor s'engouffrent dans la vieille voiture sous les regards
intrigués des badauds. Le forestier actionne le
démarreur. Le moteur tousse, crachote, puis
vrombit. Au fond de l'allée menant au manège,
les occupants de la Mercedes repèrent des cas-
quettes bleu marine.

— Pourvu qu'il se dépêche ! s'impatiente
Victor.

M. Chevalet, sentant le danger, aperçoit cinq
ou six de ses élèves qui se baguenaudent à
proximité. Il les appelle, leur chuchote quelques

mots à l'oreille. Les enfants, tout excités, se précipitent vers les agents qui remontent l'allée. Ils les cernent, les arrêtant net dans leur progression. Un des gamins a sorti un carnet dans lequel il semble griffonner avec fébrilité. Les agents tentent d'écarter le groupe mais rien à faire, les enfants ne les lâchent pas et se relaient dans un martèlement de questions ininterrompues.

M. Chevalet rejoint la voiture. Il sourit à Victor.

— N'avais-je pas raison de vous conseiller d'avoir toujours sur vous votre carnet d'enquêtes ? Avec Maridet et Gagnard, messieurs les agents en ont pour un bout de temps...

Le petit forain éclate de rire. Maridet et Gagnard ! Les champions de bavardage de sa classe !

— Merci monsieur... je vous revaudrai ça !

— J'espère bien ! Tu me feras un compte rendu complet sur tout ça, n'est-ce pas ? Mais je le tiendrai secret. C'est peut-être mieux pour... l'oiseau migrateur !

Victor se dit que son maître est vraiment incroyable. Rien ne l'étonne. Est-ce parce qu'il a l'habitude d'observer sans parti pris ? De mettre sa curiosité au service de la science ? En tout cas, c'est probablement ce trait de caractère qui l'a rapproché de cet homme, lui, l'insatiable contemplateur des mœurs de la nature ! Quel bonheur ce serait pour son maître, s'il pouvait suivre Klix !

Justement, le voici.

Le petit bonhomme se glisse dans la cohue au risque de se faire écraser. Sylva fait vrombir la Mercedes. Quelques personnes, devant le nuage de fumée vomi par le pot d'échappement, poussent des exclamations rageuses.

Klix saute sur le siège arrière. Vénus l'enlace avec effusion. La voiture démarre. Les gens s'écartent tout en continuant à protester.

M. Chevalet adresse un signe amical à Victor. Là-bas, au fond de l'allée, les reporters en herbe continuent à harceler les agents de police. Le petit rouquin constate même, à sa plus grande joie, que Maridet et Gagnard sont accrochés littéralement aux blousons de leurs interlocuteurs forcés.

Après quelques centaines de mètres difficiles à cause des encombrements, la voiture rejoint une route nationale où la circulation est plus fluide. Sylva cesse de mordre le tuyau de sa pipe et se détend. Il a horreur de conduire. Si, en plus, il faut faire du stock-car !

C'est le moment que choisit Klix pour annoncer très calmement :

— A propos, ton père avait raison. Je suis tombé sur le Terrien-à-poils-partout. Je crois bien qu'il avait l'intention d'abîmer mon vaisseau. Il avait un gros objet à la main, avec un manche et une masse de fer...

— Un marteau !

— C'est ça ! Mais il n'a pas eu le temps de s'en servir. Je l'ai collé au plafond !

— Oh !... Tu l'as tué ? s'exclame Vénus.

— Qu'est-ce que... « tué » ?

On lui explique le mot. Le petit spationaute a l'air profondément outré. Il proclame fièrement que, sur Brox, ce mot n'a pas cours. Quand on est arrivé au bout de son parcours, environ mille ans terriens, on rejoint la Grande Grotte des Heureux pour l'éternité. Il ajoute qu'il a tout simplement augmenté la puissance de son pisto-laser pour expédier Monky, paralysé par la décharge, contre le plafond du camion.

— Ainsi, quand il se réveillera, dit-il, le Terrien plein-de-poils-partout fera connaissance avec la loi de la pesanteur. C'est la même sur nos deux planètes. En plus, il n'aura même pas mon vaisseau pour le ralentir dans sa chute !

— Ton vaisseau ? Qu'est-ce que tu en as fait ? s'étonne Vénus.

— Programme Transdimensions ! répond Klix sur le ton du secret.

— Tu as réussi ? s'extasie la petite femme.

— J'espère !..., se contente de marmonner le petit spationaute.

Et son front s'assombrit.


## MESSAGE 012. KLIX À STATION D'ÉTUDES DE BROX

Le Terrien-à-poils-partout, à cause de sa maladive jalousie, a menacé mon vaisseau spatial. J'ai donc été contraint, comme c'est recommandé en cas de nécessité absolue, de procéder à l'opération TRANSDIMENSIONS. J'ai repris les principes que vous m'avez enseignés : « La Transdimension consiste à télétransporter un objet ou un être vivant d'un point de l'espace à l'autre sans utiliser l'énergie traditionnelle. Pour que l'opération ait toutes les chances de réussite, il est nécessaire que toutes les données de l'objet à translater soient prises en considération : composition des matériaux, volumes, surfaces, températures, etc. »

J'ai scrupuleusement suivi ces consignes et j'ai programmé le vaisseau pour l'endroit où j'ai atterri. Je devrais donc retrouver sans problème mon engin de transport. Pourtant, j'ai un petit doute : la formule pour calculer le volume de la sphère est-elle 4/3 $\pi$ R3 ou 4/3 $\pi$ R2 ?

Fin de message.

# 15

*ATTENTION À LA MARCHE !*

Après avoir fouillé en vain la clairière, Sylva et les autres décident d'abandonner leurs recherches.

— De toute façon, la nuit tombe et dans quelques minutes on n'y verra plus rien ! constate le forestier.

— Mais qu'est-ce qu'il a bien pu faire de sa soucoupe ? maugrée Victor, fatigué par les événements de la journée. T'es sûr qu'elle est ici au moins ?

— Klix est toujours très sûr de lui, ironise le barbu. En tout cas, il attendra demain pour la retrouver, que ça lui plaise ou non !

Tout à coup, un craquement sinistre les fait sursauter. Puis un juron retentit.

— Ça, c'est Frankenstein ! Je parie qu'il a oublié qu'il y avait des arbres dans une forêt !

Effectivement, le colosse paraît, portant une énorme branche cassée net.

— Pourquoi les arbres sont-ils si bas ? gémit-il de sa curieuse voix aiguë en se tenant le front.

Sylva et Victor ne peuvent s'empêcher d'éclater de rire devant la grimace de Frankenstein.

— Bon ! on va se réchauffer à la maison, lance le forestier. Victor, va chercher les deux amoureux. Ils ont sûrement fini de se compter les yeux !

Quelques instants plus tard, la petite troupe se retrouve autour d'un bon feu de bois. Dans leur cage, les deux pigeons se sont mis en boule et semblent partis dans des rêves de grands espaces. Klix a l'air contrarié. La disparition de son vaisseau le préoccupe cruellement. Pour la dixième fois, il refait les opérations de repérage ; aucun doute, la soucoupe est bien dans les parages. D'ailleurs, sans sa proximité, il n'aurait pas pu transmettre son message à la station. Sylva essaie de le consoler en lui offrant son fameux cocktail de vin chaud à la cannelle. Le jeune spationaute trempe ses lèvres dans le breuvage odorant. Il fait d'abord la moue puis il y revient et, bientôt, en quelques gorgées, engloutit le contenu du bol. Ses yeux se mettent alors à briller d'une étrange manière. C'est comme si les flammes de la cheminée lui avaient sauté dans la prunelle. Vénus, qui n'a pas quitté son protégé depuis l'évasion de la crèche, est tout étonnée d'entendre le bonhomme lui dire :

— Si tu m'aimes comme je t'aime, qu'est-ce qu'on s'aimerait si on s'aimait ! Puis, sans reprendre son souffle, il poursuit :

Tes yeux sont des lacs transparents
Tes oreilles sont deux coquillages sans pareil
Tes cheveux sont les cordes d'une harpe
Tes lèvres deux fraises cueillies à la rosée...

Klix s'agite de plus en plus. Mais, soudain, peut-être à cause de l'effet du vin, son DIL s'emballe et son discours amoureux part dans tous les sens :

— Je veux tartiner ton nez. Je veux gloupiner ton cœur. Je veux débéziller tes mortadelles. Je veux mournifler ta chaudière. Je veux... je vieux... je pneu... je meuh... MEUH... MEUH... MEUH...

Victor, qui trifouillait le vieux poste de télé, pousse alors un cri de Sioux. Ce qui a pour effet de stopper net les effusions passionnées mais anarchiques du jeune spationaute et de réveiller Toto et Coco qui n'ont pas l'air d'apprécier.

— Elle marche, ta téloche ! Y avait juste un fil de débranché !...

L'écran poussiéreux s'anime en effet ; l'image

est d'abord floue, puis la tête d'un présentateur apparaît. Victor monte le son.

« ... *le mystère reste entier. En effet, l'enlèvement s'est produit en plein jour et avec une rapidité inouïe, après que le commando, parfaitement organisé, eut paralysé une vingtaine de journalistes et tout le personnel de la crèche. Comme vous pouvez le constater sur ce document tourné sur les lieux mêmes environ un quart d'heure après le kidnapping, toutes ces personnes sont comme littéralement statufiées.*

*À l'heure qu'il est, les spécialistes interrogés n'ont pu fournir aucune explication satisfaisante. Certains pensent à un gaz incolore, d'autres à des particules ionisantes, bref, je vous passe les détails scientifiques et j'appelle maintenant notre correspondant Renaud Lambert qui se trouve sur place. Renaud Lambert, c'est à vous !... Vous avez, je crois, retrouvé quelques témoins de l'enlèvement...* »

Sur l'écran, le présentateur fait place à un journaliste entouré d'une foule bruyante et qui donne des signes de nervosité.

« *Oui, Jean Duchemin, je suis effectivement devant la crèche que nous appelons déjà la crèche du " miracle ", mais c'est un peu la confusion ici. Les bandits ont fait forte impression sur les témoins du drame... Madame, approchez s'il vous plaît et dites-nous ce que vous avez vu... Je vous en conjure, ne vous bousculez pas et ne marchez pas sur le câble...* »

Le reporter se débat un instant avec les curieux.

Vénus, pendant ce temps, tourne le dos à la télé. Encore bouleversée par les déclarations enflammées de Klix, elle le regarde passionnément.

« *Madame, vous promeniez donc votre chien et vous avez assisté à la fuite des kidnappeurs ?...* »

Une vieille dame en manteau noir, serrant un yorkshire gesticulant dans ses bras s'avance. Elle a du mal à maîtriser son émotion.

« *Des fous, voilà, des fous... Un peu plus, ils auraient écrasé mon Chouchoune... Hein, mon pauvre Chouchoune !...*

— *Oui, mais combien étaient-ils ?*

— *Trois, quatre, je sais plus... En tout cas, y avait un barbu avec un drôle d'air, genre hippie, pas bien propre si vous voyez ce que je veux dire... et puis surtout, une espèce de monstre qui portait un lit sur son dos... Il a fait peur à mon Chouchoune qu'il en tremble encore, tenez ! Hein, ma pauvre petite bête... Vous comprenez, c'est fragile ces animaux-là, j'en ai connu un qu'a même eu une attaque à cause de...* »

Un monsieur à cravate intervient à son tour ; il a l'air plus posé. Le reporter s'empresse de lui tendre le micro pendant que la vieille dame continue à se lamenter sur son chien.

« *Ces bandits étaient quatre. Il y avait parmi eux un garçon roux ! Et dans la voiture, une petite fille debout sur le volant...*

— *Une petite fille ?...*

— *Oui, c'est elle qui a mis la voiture en route...*

*J'en suis sûr parce que c'est ce qui a justement attiré mon attention... Après, c'est le barbu qui l'a remplacée. En tout cas, ils avaient tous un air pas très catholique...*

— *Moi, je dis que ce sont des terroristes !* » lance une femme très excitée. Et elle essaie d'arracher le micro des mains du reporter. « *C'est une honte qu'on laisse faire des choses pareilles ! Que fait la police, hein ! Et le gouvernement ?...*

— *Oui... euh... merci madame, je comprends votre émotion... Mais nous devons rendre l'antenne... À vous les studios, c'était Renaud Lambert pour TV10 !...* »

La voix s'étrangle tout à coup, l'image vacille. L'écran est traversé de stries blanches.

Victor donne un grand coup de poing sur l'appareil. La pile d'oignons qui séchaient sur le poste s'écroule. Une étincelle jaillit. La télé a un dernier hoquet de fumée avant de s'éteindre complètement.

— Tu peux pas faire sécher tes plantations ailleurs, non ! s'écrie Victor.

— Pour ce qu'ils nous ont appris ! rétorque le forestier. Et puis, il y a longtemps que j'avais envie de faire un aquarium. Maintenant, j'en ai un tout trouvé...

— Ils nous ont pas ratés ! reprend Victor. « Bandits ! Terroristes ! » Tu te rends compte ! On va passer pour quoi !...

Frankenstein se tait. Les insultes, il en a

l'habitude. Ce qui l'intéresse pour l'instant, c'est cette maison, en pleine forêt. Il sait que ce n'est pas le moment mais il ne peut s'empêcher de dire :

— Est-ce qu'il faut faire des études pour être forestier ?

Sylva, désarçonné par cette question inattendue, hésite un instant puis :

— Oh !... ce n'est pas obligatoire... C'est mieux, si on peut, mais on peut aussi apprendre sur le tas. Pourquoi demandes-tu ça ?...

Frankenstein s'excuse d'un geste de la main.

— Oh ! rien... Un peu de curiosité... D'ailleurs, si tu me le permettais, j'aimerais bien visiter la maison... C'est possible ?

— Si ça peut te faire plaisir !... consent le barbu dans un sourire.

Il indique au géant les différentes pièces et l'itinéraire à suivre.

— Tu feras attention à la cave. Il manque une marche et la porte est basse...

— Merci du conseil ! dit Frankenstein en portant la main à son front. Une branche ça va, mais un mur en pierre, je ne sais pas si ma tête y résisterait...

Pendant ce dialogue, Klix a repris son pianotage d'ordinateur. La couleur bleue qui avait envahi son visage s'est légèrement atténuée. Vénus s'est installée à côté de lui. De temps à autre, ils échangent un sourire.

Des lignes de chiffres et de signes bizarres défilent sur l'écran. Les doigts du jeune spationaute courent sur le clavier comme ceux d'un pianiste virtuose. La naine est fascinée.

— Qu'est-ce que ça veut dire tout ça ?...

— Chut ! fait Klix gentiment, je n'ai pas fini...

— Fini quoi ?...

— Fini de faire mes comptes... Et ce n'est pas brillant...

— Si t'as des ennuis d'argent, ce n'est pas un problème ! murmure Vénus, j'ai quelques petites économies.

Klix s'arrête de pianoter :

— Mais... il ne s'agit pas d'argent. J'ai surtout besoin de blouxis. Pour réussir mon examen, tu comprends ?...

— Des blouxis, c'est comme des notes ?

— Pas vraiment... C'est difficile à expliquer. Voilà. Chez nous, sur Brox, on devient un individu complet en accumulant au fur et à mesure de son apprentissage des morceaux de soi. Si tu veux, c'est comme un puzzle. On met bout à bout tous ces morceaux et on se retrouve voyageur, poète, musicien ou savant... Les blouxis, c'est ce qui me manque pour devenir ce que je serai. Mais attention, une fois que j'aurai obtenu mon examen, je dois continuer à prouver que je suis digne de ma fonction. Je ne peux pas m'endormir sur mes lauriers... Bref, je n'ai plus guère le temps pour accomplir ce qui me reste à faire et dès que j'aurai retrouvé mon vaisseau...

— Ah ! soupire la lilliputienne. Tu dois partir ?

— Il le faut bien. Qu'est-ce que je ferais ici ? Je ne suis pas comme les Terriens, même si je ressemble à un bébé comme vous dites.

Klix a dit ce mot sans s'énerver cette fois, presque avec une pointe de nostalgie.

*Et moi ?... Comment je suis ? Est-ce que je ne vis pas quand même avec les... Terriens ?* pense Vénus.

Mais au lieu de se laisser aller à l'amertume, elle réplique :

— Chacun a sa place sur la terre. Il suffit de la trouver.

Le jeune spationaute réfléchit un instant puis se remet à pianoter de plus belle.

C'est alors qu'un hurlement strident fait vibrer les murs.

Sylva et Victor, qui commençaient à somnoler, sursautent violemment. Les pigeons, qui avaient réussi à se rendormir, ouvrent un œil furibond.

— Ça, c'est encore Frankenstein ! dit Sylva, si ça se trouve, il s'est ouvert le crâne dans la cave. Je l'avais pourtant prévenu.

Victor s'apprête à bondir à son secours quand la porte s'ouvre. Frankenstein n'a pas le crâne fendu, ses grosses mains battent dans le vide, il hoquette en parlant et parvient enfin à articuler :

— La sou... la sousou... la soucoupe !

Klix se jette à terre. Malgré ses petites jambes,

il fonce à toute allure sur Frankenstein et l'escalade en un clin d'œil.

— Où ? Où ? glapit-il.

— À la ca... à la caca... à la cave !

— Allons-y !

Sylva et Victor leur emboîtent le pas. Le géant est houspillé par Klix grimpé sur ses épaules comme un jockey.

Saisi d'un pressentiment, le barbu crie :

— Attention à la mar...

Il n'achève pas sa phrase.

Un bruit de dégringolade, un choc qui ébranle les murs, un hurlement de douleur... puis plus rien !

Victor est devenu tout pâle. Il regarde le forestier. Le forestier le regarde.

— Bon sang ! pourvu que !...

Vénus, à son tour, pousse un grand cri et se précipite entre eux, renversant au passage la cage des pigeons.

## 16

## *ŒUFS, VIN ET MOELLONS*

Vénus découvre Frankenstein allongé au milieu d'un chaos de pierres et de tonneaux éclatés. Au centre de la cave, le vaisseau spatial d'où s'écoulent des traînées de liquide rouge. Aucune trace de Klix.

Sylva et Victor jaillissent à leur tour dans la pièce étroite.

La lilliputienne, terrorisée, montre les traînées rouges qui serpentent sur le cockpit transparent de la soucoupe et tombent goutte à goutte sur la terre battue de la cave.

Frankenstein gémit. Le petit rouquin se penche sur lui. Le géant montre ses poings. Ils sont écorchés à vif comme si on leur avait arraché la peau, morceau par morceau.

— Dure... la... pierre ! marmonne le colosse avec difficulté.

Sylva, qui s'est approché du vaisseau, trempe un doigt dans le liquide rouge, il le hume, le goûte puis éclate de rire.

— Mais c'est du vin ! Rien que du vin ! Sa voix se brise quand, en apercevant les tonneaux éclatés au milieu d'une mare, il ajoute : ... Mon vin !

À ce moment-là, une voix aiguë se fait entendre :

— Alors, marde de zlout ! Vous venez m'aider, oui ou non !

Vénus se précipite et découvre Klix, à moitié enfoncé dans un grand pot en terre jusqu'à la taille et dont il n'arrive pas à s'extraire. La lilliputienne couvre le visage du jeune spationaute de baisers mouillés et elle éclate en sanglots :

— Tu es vivant... Tout ce rouge... tu comprends... j'ai cru...

En quelques instants, Klix est extirpé de son inconfortable pot. Le bas de sa combinaison dégouline d'une matière gluante parsemée d'éclats de coquilles en miettes.

— C'était ma réserve d'œufs pour l'hiver ! soupire Sylva.

Frankenstein est parvenu à se remettre enfin

debout ; il montre l'entrée de la cave. Tout le dessus de la porte présente une énorme brèche.

— Quand j'ai compris que Klix qui était sur mes épaules allait percuter la pierre, je n'ai pas eu le temps de me baisser... Alors, j'ai levé les poings et voilà...

Et il montre les moellons éparpillés sur le sol au milieu des éclats de tonneaux.

— Et ça, ajoute Sylva accablé, c'était ma réserve de vin !

La désolation du barbu ne semble pas toucher Klix car il est tout à la joie d'avoir retrouvé son vaisseau qu'il caresse comme un animal fidèle.

— Je savais bien qu'il n'était pas loin..., dit-il.

Il essaie de grimper dans la cabine mais les œufs qui maculent sa combinaison le font glisser. Il s'énerve. Vénus intervient :

— On va nettoyer ça, mon bébé. À part du vin, il y a bien aussi de l'eau dans ta cave ? fait-elle en s'adressant à Sylva.

— Oui, le robinet, au fond...

— Bon, alors déshabille-toi ! dit impérativement à Klix la petite femme, je vais t'arranger ça !

— Encore ! s'exclame Klix. Mais c'est une manie chez les Terriens de me mettre tout nu !

Un peu plus tard, tout le monde se retrouve dans la pièce principale de la maison. Dans la cage retournée sens dessus dessous, les deux pigeons semblent discuter pour se demander si c'est une nouvelle mode de mettre les perchoirs à l'envers.

Klix a revêtu sa combinaison toute propre.

Le forestier bande les mains blessées de Frankenstein qui lui adresse un large sourire édenté.

— Je pourrais peut-être faire d'autres travaux dans ta maison... Par exemple, réparer la marche et reboucher... le trou !

Sylva considère le géant avec attention.

— Sûr que tu as de quoi me donner un sérieux coup de main. Mais tu as bien mal commencé : esquinter un arbre, casser ma cave et pulvériser mes tonneaux !

Frankenstein baisse la tête :

— Je ne demande qu'à apprendre !

Le forestier lui tape sur l'épaule.

— D'accord, Frankie ! La chasse et le jardinage me prennent tout mon temps. J'ai pas mal négligé la maison ces temps-ci !

— Alors, tu me prendrais comme ouvrier ? fait Frankenstein dont le visage s'illumine.

— Comme associé ! rectifie Sylva. Je n'ai jamais eu l'âme d'un patron.

De ses deux mains bandées, le colosse saisit la main de Sylva qu'il secoue en tous sens si bien que le forestier finit par pousser un cri de douleur.

— Pardon... merci..., balbutie tout à la fois le géant.

— D'abord, il faut refaire un autre trou. Un grand ! s'écrie alors Klix.

— Qu'est-ce que tu veux dire ?

— Comment je sortirai mon vaisseau de ta cave ? Je peux même pas me glisser par la fenêtre...

— Je croyais que tu pouvais te translater... changer de lieu comme tu voulais..., remarque Sylva. C'est bien de cette manière que tu as échappé à Monky...

Le jeune spationaute prend une voix embarrassée pour dire :

— C'est vrai... mais, je ne possède pas bien toutes les données de cette délicate opération.

— Oui, s'amuse Victor, se retrouver dans une cave, c'est pas ce qu'on peut appeler une opération réussie.

— Je ne suis encore que stagiaire spationaute ! réplique sèchement Klix, vexé comme un pou. Alors, le grand Terrien cabossé voudrait-il ouvrir le mur de la cave pour que je sorte mon vaisseau, oui ou non ?

Frankenstein a une moue dubitative. Sylva ajoute :

— Le mur extérieur fait plus d'un mètre d'épaisseur. Je sais bien que Frankie a des poings en béton mais tout de même...

— Ce qui veut dire, insiste Klix, que vous me retenez prisonnier...

Et il porte la main à son pisto-laser !

— Mais non, se fâche Sylva... Ce n'est pas notre faute si tu t'es planté dans tes calculs !

— Planté ! quoi planté ! Je ne suis pas un légume, moi... Je suis Klix, Broxien de première catégorie, envoyé sur Terre pour une mission d'apprentissage...

— Tu parles d'un apprenti ! Si j'étais tes profs, je te ficherai un zéro pointé, moi !

Sylva ne digère visiblement pas la perte de son vin, de ses œufs et les dégâts de la cave. De plus, il en a assez de l'orgueil du jeune spationaute et de son assurance hautaine. Le ton monte. Le barbu est sur le point de saisir Klix par le revers de la combinaison quand Victor les sépare :

— Arrêtez !... Vous êtes fous de vous chamailler pour rien. J'ai trouvé une idée ! Demain matin, tu pourras sortir, Klix, je te le promets.

Le petit spationaute, tout essoufflé d'avoir trop hurlé, reprend peu à peu ses esprits. Et, comme Vénus lui applique un long baiser sur la joue, il se calme complètement, retrouvant une jolie couleur bleue et des yeux étoilés.

Victor explique son plan à Sylva. Le forestier hausse les épaules, en signe de résignation.

— Bah ! au point où j'en suis !... Tu peux bien faire tous les trous que tu veux !

## MESSAGE 013. KLIX À STATION D'ÉTUDES DE BROX

J'ai enfin réussi à comprendre l'origine de la couleur bleue et des troubles que je ressens face à la petite Terrienne nommée Vénus. C'est une fièvre spéciale qui s'appelle la MOUR. On l'attrape par les yeux ou par la peau. La MOUR, contrairement à la MORT, fait monter la température. La respiration s'accélère, le cœur bat plus vite et on n'a plus qu'une envie, mêler sa vie à celle de l'autre. Ça ressemble à la fusion chimique de deux corps composés qui peut même dans certains cas provoquer une grande explosion. Les Terriens appellent cela LE COUP DE FOUDRE. Je dois préciser que VÉNUS est le nom d'une étoile et de la déesse de la MOUR chez les anciens Terriens appelés les ROMAINS. C'est peut-être pour cette raison que Sylva a dit en parlant de moi et de Vénus que nous étions ROMANESQUES. Je sais aussi que cette fièvre crée des liens.

C'est sans doute pour ça que je n'arrive pas à me séparer de la petite Terrienne. Y a-t-il un instrument pour couper les liens de la MOUR ? Si l'un reste attaché à l'autre, devrais-je ramener Vénus sur notre planète ?

Fin de message

# 17

## *UNE IMPERCEPTIBLE*
## *TRACE BLANCHE*

Le lendemain matin, très tôt, un vacarme épouvantable déchire soudain le calme de la forêt. Grimpé sur un bulldozer, Frankenstein ouvre une brèche dans le mur de la cave. Sylva, vaguement inquiet, surveille l'opération. Pourvu que la maison tienne le coup!

Enfin, l'ouverture est assez grande pour faire passer le vaisseau. Klix est déjà à son poste. Il fait glisser l'engin dehors, guidé par Victor qui a l'habitude des manœuvres dans les fêtes foraines où le moindre espace compte.

Le jeune spationaute descend du vaisseau. Son visage est grave.

Vénus s'est assise dans l'herbe, comme si, tout à coup, elle était saisie d'une grande fatigue.

Klix, après quelques hésitations, prend la parole :

— Après ce qui s'est passé ces jours-ci, la station de Brox m'a transmis un message de retour d'urgence. Cela signifie donc que je dois repartir immédiatement.

— C'est à cause du bulldozer ? demande Victor. Personne ne remarquera sa disparition. Aujourd'hui, c'est dimanche... Et puis, on ira le rendre sans attendre...

Frankenstein se remémore l'équipée de l'aube. Le chantier de l'autoroute qui longe la forêt, le gardien et ses deux chiens pisto-lasérisés... Il a bien fallu... De toute façon, quand ils se réveilleront, ils ne se souviendront plus de rien et le bull aura retrouvé sa place.

— Non ! soupire Klix, c'est à cause de l'ensemble... J'ai commis trop d'erreurs. Ma mission devait être ultra-secrète... La police et la presse, ce n'est pas le meilleur choix pour une mission ultra-secrète. En plus, les informations que j'ai données sur les Terriens étaient trop « fantaisistes ». C'est le mot qu'ont employé mes maîtres. Bref, j'ai raté mon examen d'explorateur intergalactique.

Un long silence gêné suit cette annonce.

Mais le jeune spationaute reprend aussitôt :

— Ça ne fait rien... Mes pédaducs m'ont

décerné un brevet de poésie... Je ne suis pas fait pour être savant ou explorateur, voilà tout.

— En tout cas, fait Sylva un peu ému, on dirait que ton décodeur marche de mieux en mieux. Tu n'as pas fait une seule erreur dans les mots...

— Ce n'est pas mon DIL, je l'ai débranché. Je crois que j'ai appris tout seul et que je commence à vous comprendre un peu. Vous êtes si différents les uns des autres. Je me demande comment vous faites pour vivre ensemble !

Victor a un petit sourire :

— Ben... parfois ça coince un peu ! Et encore, tu n'as visité qu'un tout petit morceau de la planète !

— Je sais, soupire Klix. Dans mes cours, on m'avait parlé de beaucoup d'autres territoires couverts de glace ou de feu, de grandes villes aux foules bigarrées, d'océans infinis, de montagnes vertigineuses...

Le petit spationaute se tait. Ses yeux se teintent de mélancolie. Une légère couleur grise couvre son visage. Il ajoute :

— Et puis, il y a ces mondes étranges qui vivent en vous et qui vous font rire, pleurer, penser, rêver... Ça, je dois dire que je n'ai pas encore bien compris. Chez nous, sur Brox, tout est tellement plus simple.

Sylva se gratte la barbe, songeur :

— Justement... ta planète, tu ne nous en as

jamais parlé. C'est dommage... Pourtant, tu as l'air tellement fier d'être broxien !

Le petit bonhomme se trouble, et sans ajouter un mot, il grimpe dans le vaisseau.

Tous s'écartent pour assister au décollage. Seule, Vénus cache son visage inondé de larmes derrière un arbre.

L'engin vibre imperceptiblement, il s'élève d'un mètre, de deux mètres puis... se stabilise. Il semble soudain retenu par des chaînes invisibles qui l'empêcheraient de continuer son ascension.

À l'intérieur, Klix s'énerve, s'agite. Finalement, il laisse la soucoupe redescendre sur le sol.

Sylva et les autres se précipitent. La lilliputienne sort de derrière son arbre.

Klix bondit hors du vaisseau. Une couleur bleu vif illumine sa peau.

— Je m'en doutais..., dit-il.

Sylva et Victor se regardent, interloqués.

— Je n'ai pas pu couper les liens qui me retiennent ici...

— Quels liens ? fait Frankenstein prêt à casser un câble éventuel.

— Vénus ! murmure le bonhomme.

La jeune fille, pourtant éloignée, a entendu ce murmure. Elle court vers Klix, se jette dans ses bras.

— Ça alors ! remarque Victor, c'est une vraie scène de cinoche ! Y manque que le ralenti et la musique avec le mot FIN...

— Oui, dit Klix reprenant son sang-froid.
Mes pédaducs m'ont dit que si je ne pouvais pas
couper les liens de l'amour avec Vénus, il ne me
restait plus qu'à l'emmener avec moi... Mais
voudra-t-elle me suivre ?

Le cri de joie que pousse Vénus retentit dans
toute la forêt.

Quelques instants plus tard, la lilliputienne est
revêtue d'une combinaison identique à celle de
Klix.

— Heureusement que j'en avais une de
rechange ! sourit le jeune spationaute, et elle lui
va à merveille, vous ne trouvez pas ?

Vénus, coquette, fait quelques pas comme un
mannequin, avant de grimper dans le vaisseau.
Puis, à l'entrée de la cabine, elle porte les mains à
ses lèvres et, telle une star d'Hollywood, expédie
des baisers à ses amis.

Ils l'applaudissent en riant.

— Maintenant, vous allez voir, reprend Klix,
vous n'aurez même pas le temps de compter
jusqu'à trois qu'on aura disparu au fin fond de la
galaxie.

Juste avant de fermer le cockpit, il lance à
Sylva :

— Ne transforme pas ta télé en aquarium. Je
l'ai un peu bricolée. Comme ça, de temps en
temps, je pourrai vous envoyer de nos nouvelles.

Le second départ, en effet, se fait si vite que
Sylva, Victor et Frankenstein se frottent les yeux,

comme s'ils avaient rêvé. Tous les trois mettent un long moment à se ressaisir.

— Ma parole ! dit Victor, c'est comme si on avait reçu une décharge de pisto-laser !

Le forestier et le colosse sourient. Puis Frankenstein montre le trou béant dans le mur de la cave :

— C'est pas tout ça, il faudrait peut-être reboucher ça avant que le mur ne s'effondre.

— D'accord ! répond Sylva, en montrant le

bulldozer, mais tu vas d'abord rapporter ton jouet où tu l'as pris.

— Quant à moi, dit Victor, je vais aller retrouver mon manège... Mais on se reverra très vite, ajoute-t-il à l'adresse de Sylva. Je n'ai pas épuisé toutes mes explorations ornithologiques...

Plume, qui avait disparu depuis le retour de Klix, pointe son museau entre deux fourrés, provoquant une crise de rire chez les deux amis.

— Je crois qu'il n'est pas près d'oublier notre

visiteur ! remarque Sylva en caressant la tête du chien... un bain d'extra-terrestre, surtout pour un chien, ce n'est pas commun !

Les deux amis s'embrassent. Sylva passe la main dans la tignasse rousse de Victor :

— Et ça ! tu crois que c'est pas repéré aussi ?

— T'inquiète pas... À peine arrivé chez moi, je me déguise en punk ! C'est mon père qui va être content !

Et le jeune forain part d'un grand fou rire auquel se joignent les autres. De proche en proche, dans la forêt, une multitude d'oiseaux semblent répondre à ce rire.

Victor se calme le premier pour les écouter :

— Un jour, dit-il, je saurai tout sur eux. Alors, peut-être que j'apprendrai à voler pour rejoindre la planète Brox.

Et il désigne, très haut, dans un ciel étonnamment bleu pour la saison, une imperceptible trace blanche, comme un mot écrit avec du vent et qui se fond peu à peu dans l'atmosphère.

Les trois amis ont levé la tête et ils regardent ce dernier signe disparaître dans le néant.

DANS LA MÊME COLLECTION

L'énigme de la main verte *(Jean Cazalbou-Marie Fête)*
Au pied du mur *(Hélène Montardre)*
La chevauchée de la délivrance *(Michel Cosem)*
Georges Bouton, explomigrateur *(Gérard Moncomble)*
Les naufragés du Bounty *(Giorda)* — Prix de la Société
  des Gens de Lettres, 1987.
Vers l'Amérique *(Marie-Christine Helgerson)*
L'Aventure a les pieds mouillés *(Josette Rauzy)*
Hilaire, Hilarie et la gare de Saint-Hilaire
*(Hélène Montardre)*
Le secret du scarabée d'or *(Jackie Valabrègue)*
La bête des hachélèmes *(Mireille Maagdenberg)*
L'année de la sauterelle *(Anne Bechler)*
Mon meilleur ennemi *(Max Dann)*
Le bel été de Pontabeille *(Suzanne Malaval)*
Leçon d'arithmétique au grillon *(Vénus Khoury-Ghata)*
Piège sur Orlanda *(Jacqueline Held)*
Pour tout l'or du monde *(Max Dann)*
Lisa l'intruse *(Nadine Brun-Cosme)*
L'ice cream était presque parfait *(Amélie Rangé)*
Du rififi dans les poireaux *(Robert Boudet)*
Le commando des Pièces-à-Trous *(Pierre Coran)*
Histoires pressées *(Bernard Friot)*
Mémoires d'Hubert, écuyer de Janville *(Suzanne Sens)*
L'enlèvement de Brunissen *(Michel Cosem)*
Dans dix jours moins trois heures *(Claude Morand)*
L'heure du rat *(Gérard Moncomble)* —
  Prix Lire au Collège, 1988.

Le pays des rivières sans nom *(Pierre Pelot)*
Le pionnier du nouveau monde *(Michel Piquemal)*
Pilotin du cap Horn *(Yvon Mauffret)*
Mimi et le dragon *(Jean-Luc Moreau)*
Pour l'amour d'un cheval *(Alim Hekmat)*
Cochon vole ! *(Emily Rodda)*
La route des matelots *(Jean-Marie Robillard)*
Le fils du chef canaque *(Jacqueline Seyral)*
Raoul à la conquête de l'Angleterre *(Béatrice Rouault)*
Thierry le chevalier sans nom *(Jean-Paul Raymond)*
15ᵉ étage, porte droite : Léo *(Nadine Brun-Cosme)*
Les enfants sous la lande *(Hélène Montardre)*
L'amulette du grand chef Yañoama *(Chantal Touzet)*
Le jardin des enfants perdus *(Yvon Mauffret)*
L'incroyable Barry *(Debra Oswald)*
L'héritage de Georges Bouton *(Gérard Moncomble)*
L'été dans la tourmente *(Suzanne Sens)*
Les yeux d'Oo *(Gérard Moncomble)*
Miranda s'en va *(Valérie Dayre)*
Agathe ou le jardin du peintre *(Amélie Rangé)*
La dernière bataille de Pépé Caporal *(Chantal Touzet)*
L'année-Zanzibar *(Jacqueline Seyral)*
Futurs antérieurs *(Christian Grenier)*
La fille du Bouscat *(Philippe Delerm)*
La petite planète *(François Sautereau)*
Le mystère de la grange aux loups *(Catherine Missonnier)*
La colline aux oliviers *(Hélène Montardre)*
L'après-midi des dames *(Evelyne Reymond)*
Le récif de la cloche *(Sarita Kendall)*
Walkman *(Gérard Hubert-Richou)*

Le jobard *(Michel Piquemal)* — Grand Prix du livre pour la Jeunesse, 1989.

Le 89$^e$ chaton *(Eleanor Nilson)*

Les robestiques *(Claude Cénac)*

Au fil de la guerre *(Dorothy Horgan)*

Le lutin d'appartement *(Marie Dufeutrel)*

Fifine et le fantôme *(Miette Marsol)*

Jean de l'Ours *(Louis Espinassous)*

Le satellite venu d'ailleurs *(Christian Grenier)*

Juste un coin de ciel bleu *(Jacques Vénuleth)*

Les chevaux de vent *(Yves Heurté)*

ACHEVÉ D'IMPRIMER
SUR LES PRESSES DE L'IMPRIMERIE
PUBLI-OFFSET
MERCUÈS 46090 CAHORS

———

DÉPÔT LÉGAL : AOÛT 1990
N° 90070056